RESÍDUOS

CB031554

Ateliê Editorial

R. Manoel Pereira Leite, 15 • Granja Viana
CEP 06700-000 • Cotia • SP • Brasil
Telefax (11) 7922-9666

DAVID OSCAR VAZ

RESÍDUOS

Apresentação
João Alexandre Barbosa

Ateliê Editorial

Direitos reservados e protegidos pela Lei 5. 988 de 14.12.1993.
É proibida a reprodução total ou parcial sem autorização,
por escrito, da editora.

ISBN 85-85851-23-6

Editor: Plinio Martins Filho

Direitos reservados a
ATELIÊ EDITORIAL
Alameda Cassaquera, 982
09560 – 101 – S. Caetano do Sul – SP – Brasil
Telefax: (011) 442-3896
1997

Para Denilze e Pedro Oscar

*E aos poucos o céu da pintura foi
adquirindo outros matizes. Aos singelos azuis e
brancos tão freqüentes nas gravuras medievais
outras cores foram sendo incorporadas. E ao
percorrermos a grande galeria do tempo nos
aproximando dos dias atuais, vamos notando
que outras e outras cores vão fazendo parte do
céu. E percebemos então atônitos que o céu é o
paraíso das cores, nele cabem as mais celestes
e, paradoxalmente, as mais infernais.*

ANDRÉ SOARES, *Ensaio sobre a Natureza na Pintura*

SUMÁRIO

Apresentação – *João Alexandre Barbosa* 13

O Piano e a Flauta 23

Moleirinho e Madalena 33

Amor de Mãe 47

Fábio 59

Ludo 73

A Trama da Aranha 81

Carta a meu Tio 97

Quadrilha 107

Além do Muro 121

APRESENTAÇÃO

João Alexandre Barbosa

Antes mesmo de começar a escrever esta apresentação, sei que ela não será, nem deve ser, muito longa. Apenas uma ou duas observações que me ficaram depois de ler estes contos de David Oscar Vaz com que busco prolongar um pouco o prazer que foi a sua leitura.

Além disso, apresentar uma coletânea de um gênero sobre o qual o nosso Machado de Assis já dizia que, se não tivesse outros méritos, teria, pelo menos, o de ser curto, tem, por obrigação, de ser curta.

Isto, entretanto, não significa que sobre estes contos não se possa falar muito mais largamente: é apenas uma questão de delicadeza para com o leitor que não deve ser mantido muito tempo apenas no pórtico dos contos, devendo entrar logo em sua leitura.

Sendo assim, começo dizendo que, para mim, a maior característica destes contos está no ponto de vista assumido pelo narrador, quer na construção de personagens, quer no próprio desenvolvimento temático da narrativa, impondo a todos os contos, mesmo os três únicos em que não domina a primeira pessoa, um sentido de recuperação da memória de que, parece, o próprio autor tem consciência ao dar o nome de *Resíduos* à coletânea.

Na verdade, a epígrafe de Carlos Drummond de Andrade é uma indicação precisa desse sentido estrutural: a criação literária como instrumento de preservação de uma presença no mundo. É claro que toda narrativa é sempre uma organização, pela palavra oral ou escrita, daquilo que, tendo sido experiência empírica ou imaginária, em algum momento, passou a ser resíduo da memória, psicológica ou de linguagem, que, no instante da escrita ou da fala, busca uma comunicação.

Não se trata aqui de uma afirmação tão genérica: o que se quer dizer é que, nestes contos, a maior conquista é precisamente encontrar o meio adequado, enquanto construção narrativa, de fazer passar aquele sentido mencionado de recuperação. E se nos textos em primeira pessoa é sempre mais fácil detectar o procedimento desde que a palavra é, por assim dizer, filtrada por um narrador que se encarrega de interpretar os dados narrativos, fazendo-os retroceder à memória da experiência, nos três contos em estilo indireto (*Amor de Mãe*, *Ludo* e *A Trama da Aranha*), a própria matéria narrativa, através de um sábio comando dos deslocamentos temporais, cria o espaço imaginário necessário para que a interpretação não seja apenas exercida pelo narrador onisciente, mas introduz o leitor no jogo ficcional como sendo parte de uma memória coletiva com a qual é possível apreender os significados. É, por assim dizer, a estória dentro da história que, obrigando o leitor a fixar na lembrança os acontecimentos, permite a interpretação ou, melhor dizendo, a articulação daquilo que ficou como experiência das personagens e que é agora recuperada pelo narrador.

Deste modo, por exemplo, se o início do primeiro dos três contos – *Amor de Mãe* – situa a narrativa no passado ("Há duas semanas, Ronaldo foi encontrado morto com muitas balas espalhadas pelo corpo"), o aparecimento da personagem Francisca, que desencadeará o aparecimento da estória dentro da história neste conto, é registrado em termos temporais presentes, embora, a partir daí, entre no fluxo de passado da narrativa:

> Por volta das nove horas, no entanto, uma mulher parou em frente da casa e ficou olhando um instante. *Chama-se Francisca, tem cinqüenta anos e é moradora das casas de baixo* (grifos meus).

A liberdade com que o autor trabalha o tempo da narrativa, e com a qual consegue problematizar os dados da realidade, atinge, neste conto, o seu mais alto grau quando, duas páginas adiante, construindo a memória da personagem, o narrador interfere no próprio fluxo temporal:

Paremos o tempo por um tempo. Deixemos essa sala, essas mulheres, essa bandeja com café e chá sobre a mesinha de centro, deixemos esse morto ausente e voltemos um pouco no tempo.

O tempo parado, em que uma série de informações é passada ao leitor, só é rompido pelo movimento em direção ao passado que ocorre algumas páginas adiante.

Duas semanas antes de encontrar-se ali com João Pedroso e cinco ruas acima, lá ia a mulher subindo a ladeira ritmada.

O passado dentro do passado para que, somente muitas páginas depois, o fluxo temporal do início seja recuperado:

Então, quando na semana passada, Francisca soube da morte do mulato, arrumou-se quase contente e saiu. Foi para casa de Dona Ilda. Foi ali que a deixamos, linhas atrás, quando interrompemos a narração.

Uma página mais, o conto termina e todas as informações oferecidas pelo narrador nas dobras temporais confluem para o segredo de Francisca: ela agenciara a morte do mulato que agredira o seu filho e a tristeza da família do morto que, por um instante, fora sua alegria, termina por acenar para a sua possível tristeza futura, pois o seu filho continua vivo e pronto para receber as balas que, desta vez, acertaram Ronaldo.

Insisti um pouco na construção temporal do conto a fim de acentuar o modo pelo qual o narrador costura um tecido ficcional cujos fios são, por assim dizer, fortalecidos pela memória coletiva da qual participa o leitor e através da qual ele apreende os mais recônditos significados.

Por outro lado, as estórias dentro da história, responsáveis quer pelos desdobramentos temporais, quer pela carga de informações com que o leitor passa a conviver, obrigando à releitura, confere ao conto uma originalidade que somente a sua linha temática não poderia assegurar.

Mas, como demonstra o segundo dos três contos referidos – *Ludo* – não é somente através do trabalho com o tempo que o narrador consegue conferir ao estilo indireto um matiz de subjetividade que serve para acentuar aquela recuperação do tempo pela narrativa, traço maior, como já se disse, de sua criação.

Aproximando-se da técnica flaubertiana do estilo indireto livre, mas sem nenhum sistema dogmático, é através de certas marcas lingüísticas que o autor, neste segundo conto, consegue transformar a voz objetiva da narrativa em, por assim dizer, uma falsa primeira pessoa que é a perspectiva assumida pela personagem infantil Amália. Basta, por exemplo, que, logo na primeira frase do conto, a morte registrada da avó seja contaminada pela designação afetiva de *vovó* para que aquela perspectiva seja insinuada:

Fazia uma semana que a vovó tinha morrido e só agora a casa parecia que ia voltando à normalidade.

Na verdade, a "falsidade" da primeira pessoa tematiza o sentido de horror, que resulta, por um lado, do isolamento a que são relegados Amália e o gato Ludo, este, por sua vez, carregando a marca de afeição da avó pela neta, e, por outro, da consciência de Amália com relação à incapacidade dos adultos em assumirem a realidade e, por isso, se protegendo numa esfera de teatralidade.

Sem uma voz narrativa completa, a personagem infantil não explica os acontecimentos, nem sequer busca explicação, mas, ao registrá-los, instaura a dramaticidade do conto: entre a voz dominadora dos adultos e a "falsa primeira pessoa" da criança, as marcas lingüísticas vão criando o espaço para a tensão que os olhos do gato refletidos num espelho, e somente percebidos pelos adultos, traduz como elemento fantástico do conto.

Sendo assim, aqui os tempos são os do imaginário infantil: o da rotina tumultuada dos adultos e o do lirismo que resulta das relações entre Amália e o gato Ludo, ambos convergindo pela instabilidade de uma primeira pessoa que resiste ao disfarce objetivo de uma terceira, que é o narrador.

Mas é, sem dúvida, nos textos em primeira pessoa que o exercício proustiano de David Oscar Vaz encontra a sua melhor adequação. E mesmo aí é preciso distinguir o sentido da primeira pessoa narrativa: existem aqueles contos em que os acontecimentos ocorrem a partir do narrador (como *Fábio*, *Carta a meu Tio* e *Além do Muro*) e aqueles em que o narrador é testemunha existencial dos acontecimentos, caso de *O Piano e a Flauta*, *Moleirinho e Madalena* e *Quadrilha*.

Do primeiro grupo, quero apenas destacar o admirável *Além do Muro*, último conto do livro, em que a memória de uma experiência de infância, que começa por ser um texto que se escreve para ajustar contas com uma relação afetiva acabada, cava fundo em significados temporais, que são também indissoluvelmente espaciais, instaurando um imaginário lírico de enorme e comovida tensão.

Mais uma vez, aqui é empregado aquele expediente narrativo, já considerado quando se referiu o conto *Amor de Mãe*, de imbricar estórias dentro da história, possibilitando, dessa maneira, a amplificação temporal sem que se perca a tensão narrativa. É o caso, neste conto, de duas variantes que ocorrem a partir da conversa entre o narrador e a menina Mariã: a trágica estória do suicídio de Serafim e a da conquista heróica do balão chinesinho pelo narrador que, para tanto, havia suportado o corte do joelho em uma lasca de galho e que, num gesto de impulsividade amorosa, presenteia Mariã com o seu troféu.

A volta ao tempo presente da narrativa é um dos maiores momentos da escrita de David Oscar Vaz e merece ser transcrita:

Quando acabei a narração, Mariã estava excitada, observava curiosa a ferida e chegou a tocar com o dedo a casquinha.

– Ainda dói?

– Não dói nada – disse mentindo.

Com receio que aquele momento se desfizesse, fiz uma coisa que não faria nem para o meu melhor amigo, peguei o chinesinho e dei para Mariã.

– Fica para você, pega, é seu.

Mariã me olhava surpreendida. Seria verdade? Pensava. Ela pegou o balão como se não quisesse tocá-lo de tanto cuidado. Depois de olhar para ele um tempo aproximou-o do peito.

– Não vou deixar que ninguém bula com ele. Vai para a minha caixinha preciosa.

Estava tão bonita! Ela agora era quem parecia um pouco atrapalhada, mas recuperou-se logo. Era a vez dela fazer o inesperado. Abraçada ao pequeno balão, Mariã reclinou a cabeça, abaixou-a até que seus lábios tocaram a ferida no meu joelho, e beijou-a. Quando seus olhos reencontraram novamente os meus, que deviam estar enormemente abertos, ela sorriu.

– É para sarar mais depressa.

Senti uma leve tontura, algo semelhante ao que sentiria um balão, se pudesse sentir o momento em que perde todo o contato com a terra. Queria fugir e ao mesmo tempo ficar ali para sempre.

As peripécias que a seguir ocorrem ao narrador, empenhado em apanhar mais um balão fugitivo e que termina por colher apenas destroços (em que há, é evidente, uma melancólica insinuação ao estado de espírito de quem escreve para dar contas de uma relação desfeita), apenas ampliam aquele momento fugaz de intensidade afetiva e amorosa: o beijo na ferida é uma belíssima metáfora para quem, como o narrador, busca na escrita a memória de um fracasso amoroso.

Creio que seria excessivo, nesta apresentação que se prometeu breve, fazer o elogio à complexidade narrativa de um conto como *Quadrilha*.

Que o leitor busque, com os seus próprios instrumentos, observar a cuidadosa articulação de elementos narrativos com que o autor persegue as lembranças empíricas ou imaginárias de suas experiências.

E não deixe de perceber o leitor destes contos o belo andamento de uma escrita que, sem a menor dúvida, inaugurando-se desta forma, tem muito ainda o que dizer.

O PIANO
E A
FLAUTA

Do que me lembro e não me lembro?...

O cortejo passou lento pelo portal do cemitério e surgiu uma grande descida diante de nós. Os homens iam na frente, alguns de chapéus, todos sombrios e sólidos, de uma solidez adulta que muito causava inveja a todos nós meninos. Logo atrás do caixãozinho e amparada por algumas mulheres, vinha Dona Rosa. O grosso das esposas e filhas estava atrás com a gente. O Antenor, meu amigo, levava Amadeu pela mão. Lembro-me do barulho das roupas andando e, às vezes, do rumor de uma conversa ou outra. Todos tendiam para um silêncio de pensamento naquele outono de tarde. E eu mal podia acreditar que era mesmo o Frans que ia ali dentro no caixãozinho.

A mão esquerda do Amadeu prendia firme a do irmão e, com igual firmeza, a direita levava sua estimada flauta. O Amadeu era um reloginho andante que, passinho em passo, balançava o pendular bracinho que carregava a flauta.

Amadeu era o mais novo dos cinco irmãos. Todos eram sadios, mas ele aprendeu apenas algumas palavras e frases curtas, o resto era grunhidos e gestos. Era comum a gente ver o Amadeu passar horas numa mesma posição como se assistisse a um filme invisível. Ainda tinham que lhe dar de comer. Em alguns momentos, o filme a que assistia se interrompia e o menino olhava espantado para a gente.

Um dia o irmão mais velho comprou uma flauta de madeira. Era uma linda flauta, toda escura em estojo de feltro vermelho. O amor pela música foi curto; a frustração de não poder tocar nada após dois meses venceu a euforia inicial. Acabou dando a flauta ao segundo irmão, que a recebeu com alegria, uma alegria tão grande quanto a indiferença com que, tempos depois, passou-a ao terceiro irmão. E de irmão a irmão, acabou indo parar debaixo de uma cama fazer companhia para outros objetos. Ninguém imaginou dá-la ao caçula, mas como determinados encontros não se planejam, um dia eles se tocaram e se tornaram inseparáveis.

Amadeu passava então o dia a tirar da flauta irritantes sons tão horríveis quanto seus grunhidos, sacrificava assim o ouvido de toda a família em tons variáveis. "Deixem o menino!..." gritou a mãe quando alguém tentou um protesto, "... ele já tem tão pouco!"

Na fronteira da inconsciência em que habitava, Amadeu foi aprendendo a distinguir os sons e a compor suas harmonias. O que ouvia, tocava; música de roda, *jingles* de rádio e as músicas que vinham da casa do Senhor Otto. Descobriu uma língua para se haver com o mundo.

Sempre que eu e o Antenor íamos brincar, tínhamos que levar o Amadeu. Nada atrapalhava, ficava tocando enquanto a gente ia soltando pipas, jogando bolinha ou brincando de esconde-esconde. Amadeu transformava o clima de nossas brincadeiras em músicas, fazendo assim a trilha sonora de nossas aventuras. Mas no momento do cortejo, ele ia ali silencioso como todos nós.

"Para morrer, basta estar vivo." Disse alguém à minha frente, mas ninguém ousou comentar que viver com o Senhor Otto já era estar morto. O homem era um tirano misterioso para todos nós. Olhei a minha mãe que me levava pela mão, notei seus olhos vermelhos e pensei que ela jamais diria que o Senhor Otto era mau. Minha mãe tinha vestido o mundo com o manto da bondade e fazia questão de nunca admirá-lo despido. Larguei sua mão e abracei-lhe o braço, eu precisava tanto dela!...

Quando viu que eu olhava, Amadeu sorriu; foi aquele seu sorriso retardado. O que devia ser tudo isso para ele? A bobeira devia lhe dar uns outros olhos. Horas antes, tinha ficado um tempão na ponta dos pés, com a boca meio aberta de baba, olhando para dentro do caixão do Frans. Pareceu-me triste, não sei.

De onde eu estava, não podia ver o Senhor Otto que ia lá na frente, mas imaginei que caminhasse reto e silencioso, magro no seu terno preto. Que medo tínhamos da sua sombra! Até falar nele era motivo de arrepios. O homem possuía grandes orelhas, era calvo e fino como uma cobra. Mesmo Dona Rosa parecia ter medo dele. O que se dizia é que tinha sido um grande pianista, o segundo maior pianista de algum lugar na Alemanha. Uma pessoa educada e ilustre, dizia minha mãe. Mas como uma pessoa educada e ilustre podia torturar o filho como fazia? Justo o branquelo do Frans que não agüentava briga com ninguém. Quando perguntei a minha mãe, ela, defendendo o homem, disse que o Senhor Otto era apenas um pai extremado, severo, talvez exageradamente severo, mas no fundo só queria era mesmo o bem para o filho.

Diziam que o Senhor Otto carregava um grande ressentimento, o de nunca ter conseguido ser o primeiro pianista de algum lugar da Alemanha e, constatando a sua impossibilidade, exilou-se no Brasil. Aqui casou e veio morar na bonita casa que havia à direita da nossa. Sim, porque à esquerda era a pequena casa do meu amigo Antenor e do seu irmão Amadeu. Eu vivia assim entre o piano e a flauta.

O Frans quase não saía de casa e nós éramos seus únicos amigos na rua. Tinha uma cor de doente. Às vezes, nos poucos momentos em que brincava conosco, estacava de repente pedindo silêncio, era que parecia ter ouvido o chamado do pai. O Senhor Otto não gritava nunca, e ai do filho se não escutasse! Frans passava muitas horas do dia ao piano, tomando lição com o pai que queria vê-lo pianista, certamente, o primeiro pianista do Brasil. E assim, o Senhor Otto ia regendo sua sinfonia da disciplina e do medo.

Durante todo o velório, o Senhor Otto não derramou uma única lágrima, mas algo espantoso aconteceu no trajeto do cortejo. Foi logo depois que terminamos de descer e virar à esquerda. Muitas e muitas vezes minha mãe contou comovida o relato que se segue.

Já avistávamos a vala aberta, quando aconteceu o inesperado. Amadeu largou a mão de Antenor e, caminhando um pouco mais rápido, chegou perto do caixão. Começou a olhar para cima, para o rosto das pessoas, para um, para outro, até que deu com o sofrido semblante de Dona Rosa. A mulher olhou para ele com seus olhos de *Pietá*. Então Amadeu foi até o início da procissão e, causando admiração a todos, começou a tocar. E foi como se naquele instante a tristeza que havia começasse a passar pelo estreito túnel de sua flauta de madeira. E a música que já existia em nós foi existindo para nós. E do não possível nasceu um outro possível: dos olhos do Senhor Otto começaram a escorrer lágrimas. O nosso pequeno Amadeu tocava, e tocava uma música tão bonita que parecia querer fazer com que o céu abrisse suas portas para receber o nosso Frans. E as lágrimas escorreram pelo rosto do Senhor Otto.

Jamais poderei esquecer a maneira comovente com que minha mãe contava este acontecimento. Gostaria de terminar aqui. Este conto deveria terminar assim, da maneira como minha mãe contava. Ficou-me esta versão, e agora sei que preciso tanto dela!...

Mas há uma coisa que vi como se tivesse outros olhos. Minha versão é outra...

Amadeu encarou o Senhor Otto. Eu, agarrado a minha mãe, procurei andar mais rápido e puxei-a, não queria perder de vista meu amigo. Amadeu olhou para mim e não sorriu, ele parecia – pensei tantas vezes que me enganava – ele parecia sentir ódio. Mas não podia ser, era um menino, um tantã! Amadeu olhou novamente para o Senhor Otto: sim, era ódio.

Há uma estória maldosa sobre o que teria acontecido na véspera. Dizem que quando Dona Rosa e o Senhor Otto estavam à volta da cama de Frans, o menino, em delírio, tomou a mão do pai e assim falou:

– Papai, eu perdôo mesmo o senhor.

A mãe explodiu num choro mais doído do mundo, enquanto o pai, largando a mão do filho, respondeu:

– Pois eu não perdôo você.

Nada disso pode ter sido verdade, só sei, se é que alguma coisa eu sei, o que eu vi. E vi Amadeu olhar para a Dona Rosa, ela no seu sofrimento e ele na sua bobice se entreolharam: se compreenderam. E meu coração bateu forte, percebi que não era tristeza, mas um pacto de ódio entre a mulher e o menino. Amadeu caminhou até o início do cortejo e começou a tocar. A música saiu perfeita: a música era agora uma arma, era a ponta com que Dona Rosa fazia sangrar o coração do

Senhor Otto. A música era, enfim, a representação do fim, do fim de qualquer possibilidade do Senhor Otto vir a ser o primeiro pianista através do filho. Era a música fúnebre que enterrava a falecida esperança.

Hoje pouca coisa resta. Nunca mais se ouviu som algum da casa do Senhor Otto. Amadeu veio a falecer pouco antes de completar dezoito anos e foi enterrado com sua flauta. Restam-me as lembrança e as duas estórias que me são tão caras, que não se anulam, a minha e a da minha mãe, o piano e a flauta.

MOLEIRINHO

E

MADALENA

Cuco da ribeira,
Cuco da ribeira,
quantos anos me dás de
solteira?
Quantas vezes o cuco cantar,
serão os anos que te faltam
para casar.

(Diziam e sabiam as raparigas da aldeia.)

Cristóvão é um português baixo e atarracado, nunca usou bigodes, pois nenhum português mais usa bigodes. Os cabelos são brancos como a Serra da Estrela e os vinte e oito anos de Brasil não amoleceu o sotaque transmontano.

Depois de minha viagem a Portugal, Cristóvão passou a vir me visitar com mais freqüência. Gostamos de conversa e cerveja. Em ocasião especial, meu amigo me traz uma garrafa de vinho, e que festa fazemos!

Cristóvão quase nunca perde o riso. Chega sempre fazendo algazarra que só a gente vendo já se alegra. Vive pedindo que eu conte as coisas que vi por lá, e faço-lhe a vontade. Quando me falta assunto, repito algo já dito, o que não tem importância, pois ele ouve com o mesmo interesse com que ouviu da primeira vez. Mas depois é ele quem acaba falando e falando das coisas da *santa terrinha*. Coisas da infância, da aldeia, alegrias que traz penduradas na memória. Com ele eu aprendi que Portugal não é um país que se acha nos mapas.

Uma única vez Cristóvão voltou à boa terra. Isto foi há cinco anos. Havia planejado ficar dois meses, mas em menos de um mês estava de volta, vejam só, disse que estava com saudade do Brasil! Creio, no entanto, que devia haver um outro motivo: meu amigo por certo não descobriu o país que o habitava.

Esta minha dedução explica o fato de Cristóvão falar tão pouco de sua viagem. Só às vezes mesmo, quando salta de uma conversa animada para outra, é que ele se trai e deixa escapar um quase nada da viagem. Então, nesses momentos, o habitual riso cede lugar, por um instante, a uma silenciosa tristeza. Tudo é muito rápido, quase imperceptível para os que não são amigo; percebida a tristeza, Cristóvão troca logo de assunto e de cara.

A última sexta-feira foi um dia especial. Havia jogo do Brasil e fui até sua casa para assistirmos juntos. A mulher, que não gosta de futebol, ainda nos fez alguma companhia, assim como o caçula, pois copa do mundo é copa do mundo.

De quando em quando, Cristóvão gritava: "Óh Vitória, traga-nos mais uma cerveja". A mulher humildemente obedecia, e se não era ligeira, a culpa era unicamente dos calos que lhe mortificavam os pés. Era esposa devotada ao marido, pensei, de corpo e talvez de coração. Festejamos os quatro a um contra a Escócia, e tive a sensação de que Cristóvão era brasileiro como eu.

Depois jantamos. Dona Vitória serviu-nos com a mesma subserviência com que nos havia servido cerveja durante o jogo. Notava-se que era uma mulher forte, mas não creio que algum dia tenha sido bonita. "Uma santa", segreda-me Cristóvão, mas, à parte o elogio, tratava-a mal.

A noite estava quente e fomos sentar no banco que havia junto ao portão e ao jardim. A esposa recolheu-se para tratar dos calos e o caçula foi ver televisão.

mas essa lua
mas esse conhaque
botam a gente comovido como o diabo.

Esses versos de Drummond lembram-me sempre daquela noite. Se não havia conhaque, havia cerveja e também a lua e, sem que eu percebesse logo, uma certa comoção tomou conta de Cristóvão. O homem posse a falar da aldeia, que foi um jeito de rodear, o que ele queria mesmo era me contar a estória de Madalena.

Era uma estória bonita e curiosa, e espero poder contá-la com a mesma emoção com que Cristóvão a contou. Foi assim...

Aconteceu numa aldeia do norte de Portugal. Uma aldeia como tantas outras, rica somente em filhos e sonhos de riqueza. A maioria dos meninos, quando tornavam-se moços, partiam para a África ou para o Brasil. As mulheres cobriam-se de preto, pois todas tinham lá seu luto.

E havia sempre alguém partindo. E era comum que fosse à noite, para que o acontecimento não se tornasse um ato público. Algum lamento e o ganido de algum cão quebravam o silêncio. Toda a viagem era uma curiosa mistura de morte e esperança.

Embora Madalena Cruz tivesse na época doze anos, parecia mais velha. Tinha a beleza de moça já feita, seios e pernas adiantaram-se na idade. Tudo isso sem contar o rosto bonito, ornado com um par de olhos ingênuos, mas tão brilhantes que atraíam, sem os saber, os olhos de algum moço.

O algum moço em questão era um rapazola de dezessete anos que trabalhava, entre outras coisas, na moenda de trigo, e por isso o chamavam de Moleirinho. Madalena viveu com ele a primeira paixão, no início, quase que como uma brincadeira.

O pai da moça tinha pouca terra e algumas cabras, mas andava pelo mundo fazendo negócios com toda gente, e não havia cigano que não o conhecesse ou aldeia da região em que não tenha estado. O filho mais velho já havia partido para África. O outro cuidava dos animais e o mais novo andava com o pai pelo mundo. Havia também uma menina mais nova de quatro anos, que não contava muito, pois pouco fazia.

Quando das festas, Moleirinho e Madalena trocavam à distância longos olhares, depois cada um procurava sair sem que ninguém percebesse. E buscavam então um lugar solitário em que pudessem conversar, namorar... Passeavam de mãos dadas a olhar o céu e os campos.

Não tardou que surgisse o momento do primeiro beijo. E não tardou o desejo de relembrá-lo perpetuamente, o que ficou por conta de uma série de outros beijos que vieram se juntar ao primeiro.

Um dia o moço, num gesto de ousadia e carinho, segurou-lhe o seio; Madalena quase morreu de vergonha e fugiu assustada. Não dormiu bem à noite relembrando, ora com culpa, ora com gosto, o calor da mão do namorado apertando-lhe de leve o seio.

Não tardaram a se encontrar de novo, e Madalena, desta vez, não mais fugiu:

– É certo o que fazemos? – perguntou a moça corada.

– Nós não nos amamos? – afirmou o moço seu amor com essa interrogação.

E a pergunta passou a ser a justificativa para toda atitude amorosa mais ousada, ora dita por um, ora por outro.

Houve uma vez que por pouco não foram surpreendidos pelo pai da moça. O senhor Bernardo havia parado no moinho para conversar sobre um trigo que tinha que moer. Madalena lá estava e tratou de se esconder atrás de uns sacos. Rezou com fervor não sei quantos padre-nossos na eternidade de alguns minutos. Para sempre a voz do pai e o ronco do moinho iriam participar de seus futuros pesadelos. Aquilo parecia um aviso, o anúncio de um castigo.

Voltando para casa, Madalena teve a sensação de que a observavam. Passou por Dona Rosa, que a essa hora já tinha as faces rosadas. A velha sorriu-lhe como costume, mas a menina, mergulhada em seus temores, viu apenas um sorriso velho e mau. Olhando de relance, viu Dona Rosa entrar no casarão onde vivia, como costuma dizer, só ela e Deus. A mulher olhou a menina mais uma vez antes de fechar a porta, mas a moça desviou rapidamente o rosto.

À noite Madalena já estava mais calma. O pai parecia o de sempre e até a lembrança do sorriso de Dona Rosa já não lhe dava medo. É certo que o sono não lhe veio logo e Madalena, olhando por uma fresta da janela, deixou que o pensamento percorresse caminhos variados.

A menina pensou na aldeia, que era a única terra que conhecia, a aldeia era toda de pedra. Tudo era pedra: as casas, os caminhos, a igreja, onde se deixavam os pecados nas mãos de pedra polida da santa e onde pairavam alguns anjos invisíveis, porque se fossem visíveis seriam certamente de pedra, a taverna também de pedra, onde terras, animais e raparigas pairavam, como os anjos na igreja, invisíveis no ar.

Madalena também pensou em Dona Rosa, sozinha no casarão herdado do pai. Os irmãos casaram e ela ficou. Os irmãos morreram e ela ficou. Ia todos os dias à igreja, e todos sabiam que bebia às escondidas. Embora jurasse aos homens que jamais colocara uma gota de álcool na boca, podia-se notar, já de tardinha, o riso solto e as faces vermelhas. Às noites no casarão, só ela e Deus e uma boa garrafa de vinho maduro para aplacar a solidão.

Madalena também pensou em como a aldeia estava ficando deserta de homens. As mulheres só saem daqui casadas. Reparou na irmã que dormia ao lado, sono pesado da inocência. Qual das duas? Qual das duas se casaria? Pois assim como a terra que não dá para todos os filhos, assim são os homens que não dão para todas as filhas. Talvez ela se casasse com o Moleirinho. A irmã quem sabe poderia arrumar o seu. Ou talvez seria como Dona Rosa: a eterna espera da missa do dia seguinte, o fixar de olhos na dança da chama do candeeiro que o vinho torna mais graciosa.

Na primeira oportunidade, segredou ao namorado as aflições dessa noite. Depois, por falta de oportunidade, não se viram durante um bom tempo, até que aconteceu o último encontro.

Sentiu, logo ao vê-lo, que havia algo estranho. O moço sentou-se ao pé dela silencioso e, quase ausentes, seus dedos começaram a brincar com os cabelos longos de Madalena. Assim, ficou um certo tempo, depois beijou-lhe ternamente a testa. O rapaz fez que ia falar, mas não pôde, pois a menina, puxando-o para si, colocou-lhe um beijo na boca.

– O que é que te preocupa?

O Moleirinho procurou afastá-la.

– Recebeu meu pai uma carta do Brasil – fez uma pausa desviando o olhar, depois continuou. – É uma "carta de chamada", Madalena. É de meu irmão que conseguiu se estabelecer e pede que eu vá ter com ele. Tu compreendes?

Sim, ela podia compreender, mas queria não poder. O rapaz tentou ainda algumas explicações e alguma promessa, mas percebeu quão pouco as palavras valiam. Não mais se viram e ao cabo de um mês, o Moleirinho partiu.

A alegria sumiu dos olhos de Madalena para sempre úmidos. Devia ser pavoroso não ter com quem segredar a tristeza.

Uma noite, Madalena acordou aos berros de um pesadelo... O ronco do moinho, a voz paterna... o pai, ao entrar no quarto, percebeu que havia sangue na camisola e deixou que a mãe conversasse com a filha. Nada, no entanto, foi capaz de tirar de seu íntimo o que estava acontecendo com ela; era um castigo do céu. Era comum ter febre e suadouros.

Em outra noite, encontraram-na de pé na cama qual estátua de nicho de igreja, a irmã pequena enrodilhada de pavor num canto. A luz da lua reluzia no seu agora mais pálido rosto, e os presentes ouviram-na falar numa voz apavorante porque a voz não parecia voz de gente que ainda vivesse. Madalena não gritava, o tom de voz era grave; "sangue, sangue... o quarto todo é um açude de sangue". Dizia somente e repetia: "sangue, sangue..."

Ninguém pregou os olhos essa noite, nem quando a menina se acalmou.

Os acessos voltaram a se repetir outras noites. Trouxeram o doutor Oscar, a benzedeira, fizeram promessas. Nada adiantou.

Um dia um menino entrou correndo na igreja e berrou:

— É da casa do Senhor Bernardo, senhor padre, pedem que vá logo.

— Outros daqueles ataques? – perguntou o padre ao entrar.

O pai abanou a cabeça.

— A menina está tranqüila, padre, só quer lhe falar.

Ao entrarem no quarto, o padre encontrou-a bem diferente das outras vezes, serenamente sentada na cama. Alguém trouxe uma cadeira ao pároco.

— Padre – disse a moça com voz calma –, tive uma visão maravilhosa. Eu vi o paraíso. Era...

Neste momento, o padre levantou-se abruptamente interrompendo. A mãe persignou-se, pessoas murmuraram.

— Filha! – gritou o sacerdote. – Sei que sofres muito e entendo teu sofrimento, mas...

— O senhor padre não crê no que digo, mas vi, padre, vi com esses olhos...

– Ninguém, filha, ninguém com os olhos desse mundo poderá ver o outro.

– Mas eu vi, padre. Vi todos os santos e anjos que lá estão, e todos aqueles que já partiram, lá estão.

– Impossível!

– Eu vi Deus, padre – disse a menina quase gritando. O homem afastou-se horrorizado pela blasfêmia.

Madalena, tão calma no início da conversa, estava agora transtornada. Então começou a acontecer um fenômeno estranho; a tarde subitamente começou a escurecer. Ninguém pensou em fenômeno metereológico. Tiveram que acender candeeiro. A menina parecia um fantasma sobre a cama.

– Senhor – gritou Madalena olhando para o teto. – Faça com que acreditem, senhor.

Então aconteceu, chegaram perto do candeeiro e viram todos que das palmas das mãos de Madalena escorriam gotas de sangue. As mulheres caíram de joelhos rezando e chorando. O padre persignou-se com olhos arregalados.

Quando tudo acalmou, todos na aldeia já sabiam do ocorrido. Dois dias depois, uma mãe trouxe o filho de colo para que Madalena o benzesse. Foi uma grande confusão, juntou gente a discutir e a dar pareceres. Alguns achavam que ninguém deveria ser benzido. Outros, a maioria, defendiam a bênção cantando hinos e rezando. Perturbada com a confusão, a menina acabou benzendo a criança e também todos que quiseram receber a bênção.

Começaram a chegar doentes de outras aldeias, e assim a pequena foi se tornando santa. De quando em quando, voltava a jorrar de suas mãos gotas de sangue. Madalena Cruz deixou de existir para ser somente a Santa da Ladeira. Esta foi sua viagem, não de um país para outro, mas para uma nova existência. Dentro do reduzido espaço de seu corpo, a menina fez sua grande viagem.

Quando Cristóvão esteve em Portugal, foi ver a Santa e ficou impressionado. A mulher passava os dias no altar que ergueram ao lado da casa. Dezenas de pessoas vinham diariamente pedir ajuda, e ela recebia a todos com a mesma expressão de ausente.

Este foi o relato de Cristóvão. Quando o terminou, guardei silêncio por alguns instantes, estava comovido. Notei que Cristóvão encontrava-se igualmente comovido, pois de seus olhos escorriam dois fios de lágrimas. Fiz que não notei. Meu amigo então concluiu:

— Você não percebeu, David, o Moleirinho sou eu.

Em seguida, rompeu um pranto baixinho.

AMOR

DE

MÃE

Há duas semanas, Ronaldo foi encontrado morto com muitas balas espalhadas pelo corpo. Tinha vinte e três anos, era magro, muito magro, tinha braços compridos e uma arcada dentária que não ajudava muito, mas para Dona Ilda, ele era o mais bonito dos seus seis filhos.

Levaram o corpo para o IML, e só depois a família soube. Os justiceiros prometeram dar fim aos criminosos do bairro, e Ronaldo já era a oitava ou nona vítima. Ninguém disse nada à polícia, não precisavam, todos sabiam.

Para a família foi aquele susto do fato esperado com data imprecisa. Sônia, a mais velha, tratou de arrumar a casa logo cedo para receber o corpo do irmão. Maria ficou consolando a mãe; depois, por ordem da mais velha, saiu para avisar os irmãos casados e recolher algum dinheiro.

Durante toda a manhã, passaram pessoas apontando a casa a outras, mas somente duas vizinhas vieram ajudar Dona Ilda na sua dor. Por volta das nove horas, no entanto, uma mulher parou em frente da casa e ficou olhando um instante. Chama-se Francisca, tem cinqüenta anos e é moradora das casas de baixo. A porta da sala estava aberta; Francisca não pensou muito e entrou.

As vizinhas ladeavam a mulher como dois anjos. Francisca acenou com a cabeça, e as vizinhas responderam prontamente o cumprimento. Dona Ilda olhava para o chão e balançava o tronco rezando. Uma das vizinhas indicou uma cadeira, e a recém-chegada sentou-se.

– Acho que o corpo só vem à tarde – anunciou uma das vizinhas.

Francisca mexeu afirmativamente a cabeça. O que levara aquela mulher a entrar na casa de estranhos, em dia de morte, não era tanto um impulso de compaixão, quanto uma inclassificada curiosidade.

Francisca olhava para a mãe de olhos enxaguados de tristeza. Pensou inutilmente uma palavra que indicasse a mãe que perdia o filho. Havia uma palavra para o filho que perdia o pai ou a mãe, para esposa que perdia o marido, mas a mãe sem filho fora esquecida. A mulher pensou que nesse momento seria uma temeridade deixar-se contaminar por pensamentos tristes e tratou de pô-los à distância segura.

Dona Ilda vestia-se como convinha às órfãs de filhos, um vestido sóbrio e uns sapatos de ocasião. Nada nos punhos, dedos ou orelhas. Nem um broche; apenas um lenço branco destoante no pescoço, como uma flâmula de paz.

Sônia apareceu na porta, cumprimentou a desconhecida e voltou outra vez para dentro. Retornou depois com uma bandeja com café e chá de erva-doce. Francisca aceitou o chá, embora tomasse ordinariamente café. O chá tinha algo de *chic* em casa tão pobre.

Enquanto servia, numa daquelas xícaras floridas, tão novas e não usadas, Sônia olhou duas ou três vezes para a mãe com movimentos rápidos de cautela, e disse cochichando:

— Ela não merecia.

Francisca não soube o que dizer. Sônia aproximou-se com o açúcar, completou:

— Meu irmão não prestava mesmo, mas ela... coitada!

Por sorte, nesse momento, as vizinhas trocavam palavras e Ilda se embalava com uma reza, e assim, Sônia e Francisca puderam falar sem que as ouvissem.

— Conheceu o meu irmão?

A mulher, não sabendo se negasse, negou.

— Pois então não sinta dó, ele era mesmo um canalha, só trouxe tristeza para a gente. — Sônia olhou para a mãe que continuava distante. — Ele bem que podia ter morrido longe, longe daqui.

Francisca simpatizou com aquela moça de sinceridade rasgada. Que surpresa! Aquilo era mesmo um lar.

Sônia deixou a bandeja sobre a mesinha de centro e voltou para dentro.

Francisca continuou olhando para a mulher de lenço branco no pescoço. Por um instante, esqueceu-se de si. Depois começaram a surgir em sua cabeça algumas frases desconexas: "...toma conta do menino, Dona Francisca... segura ele em casa... olha que ele se dá mal... não garanto nada, nada..."

Essas frases vieram uma a uma se somando, se repetindo, se misturando. O que via também se misturava ao que ouvia, então, tudo parecia estar à beira de um absurdo. Francisca lembrava-se da conversa que tivera com o João Pedroso. Ele vinha alertando... frase a frase...

Paremos o tempo por um tempo. Deixemos essa sala, essas mulheres, essa bandeja com café e chá sobre a mesinha de centro, deixemos esse morto ausente e voltemos um pouco no tempo. Voltemos três dias. Voltemos àquela tarde em que João Pedroso parou para conversar com Dona Francisca no portão de sua casa.

– É sério, então!

– Demais de sério. Toma conta do menino.

– Mas... o meu Claudemir!

– Anda com essa turma!... Estou alertando, Dona Francisca, olha que ele se dá mal.

João Pedroso era ex-cabo da PM que deixou a farda do Estado por causa de excessos praticados. Mas como um vício não se perde fácil, trabalha agora numa firma de segurança – estava acostumado demais à farda e à força. Além desse trabalho, tinha lá seu bico, recebia de alguns comerciantes sempre um extra por serviços extraordinários. Devia favor à Dona Francisca e estava pagando.

— A senhora é minha considerada, mas seu filho é mau elemento, prejudicial à sociedade, entende. Segurei as pontas até agora, mas têm colegas que não gostam... A senhora sabe, não garanto nada, nada.

A mulher sabia, sabia de todo o risco. Depois que o Claudemir se envolveu com tanta droga, a vida virou um inferno. O pai dera conselho às dúzias, e já fora internado duas vezes. Tudo inútil. Agora isso! A culpa era daquela gente que não deixava o menino em paz. Gente imprestável! Francisca pensou na moça sardenta, no rapaz de óculos, naquele outro que só olhava, quando olhava de banda e naquele... A mulher sentiu uma coisa, era como se o pensamento se materializasse, pois não é que vinha subindo ali na rua aquele mulato odioso, magro, balançando os braços e rindo. O coração de Francisca disparou. O mulato vinha subindo, rindo, num balançar constante. Ah, Francisca olhou com olhos de medo e ódio! João Pedroso ainda não percebia nada, pois distraíra-se acendendo um cigarro. Então todo o acontecido naquela manhã, duas semanas antes, veio se reunindo aos pedaços na sua cabeça. Duas semanas antes...

Duas semanas antes de encontrar-se ali com João Pedroso e cinco ruas acima, lá ia a mulher subindo a ladeira ritmada. Passou a casa da cunhada, passou o boteco do Seu Alaor, cruzou a vala grande e entrou na Rua H.

Logo à frente, avistou o depósito, ruína de uma construção abandonada. Francisca percorreu a passagem lateral estreita e comprida e entrou no salão por trás.

Havia ali um bando de cinco pessoas, que se surpreenderam com a entrada abrupta de uma senhora.

– Que é que há, Dona? Errou de casa?

Uma ruiva, a sardenta, riu às escondidas atrás de um garoto de óculos. A mulher cruzou os braços destemida e disse:

– Eu vim buscar a roupa do meu filho.

Os outros se entreolharam, mas logo em seguida entenderam. Como continuassem mudos, a mulher repetiu:

– Eu vim buscar a roupa do meu filho.

Um rapaz, que estava inicialmente oculto por um madeirite, aproximou-se da luz, balançando o corpo, sem pressa.

– É a mãe do Claudemir.

A mulher encarou o rapaz.

– Eu vim buscar a...

– Eu sei, eu sei,... A senhora já disse – interrompeu o rapaz magro de braços compridos. – Só que aqui ninguém tem roupa de ninguém.

– Eu quero as roupas do meu ...

– Dona, dona, a senhora não entendeu. O Claudemir, aquele banana que a senhora chama de filho, devia pra gente. Ele pagou com as roupas, então as roupas não são mais dele.

O rapaz ergueu os ombros e balançou o corpo como se fosse dançar. Pronto, estava tudo explicado, a mulher tinha agora de ir embora. Francisca, no entanto, não se movia.

— Eu vim buscar as roupas do meu filho.

Houve silêncio. O mulato magro encarava a mulher, mas esta não desviava o olhar. O rapaz, então, sorriu malandramente com uma boca espigada de dentes e disse:

— O que não faz o amor de mãe!

Francisca não esperava por semelhante observação e, por um instante, sentiu-se fraquejar. Mas foi só um instante.

— Eu vim bus...

— Eu sei, dona, eu já sei — interrompeu o mulato parando um instante pensativo e continuou. — Vou dizer uma coisa, ele não merece... mas não se preocupe, mamãe, vou dar as roupas, faço isso pela senhora.

O rapaz virou-se para o garoto de óculos:

— Márcio, traz as roupas do Claudemir.

O outro nem ensaiou contestação e foi logo pegar o monte de roupa que estava num canto, andou até a mulher e, displicentemente, deixou-as cair aos seus pés.

Francisca abaixou a cabeça e, vendo aquelas peças, lembrou-se da madrugada. Claudemir chegando e num choro acordando a noite. Quando Francisca entrou na cozinha, lá estava ele com o pai, que lhe tinha aberto a porta. Claudemir estava ali, nu em pêlo, e chorando como quando nasceu. A mulher ficou doida, o que era aquilo? Haviam tomado toda a roupa dele, haviam batido nele. E bateram a valer. Hematomas em todo o corpo, a cara em miséria: olhos inchados, supercílio aberto. Francisca também chorou ao ver seu menino tão humilhado, tão despido. Olha o que a droga fazia com ele! A mãe sentia dó e raiva ao mesmo tempo. Isso não fica assim, gritava a mulher, não fica mesmo.

E não ficou. Francisca estava ali agora no depósito entre inimigos, e olhava o monte de roupa no chão. Então deu por falta de uma coisa. Levantou os olhos encarando novamente o rapaz, disse com a mesma firmeza com que dissera antes:

— Falta o tênis.

Claudemir havia comprado um Nike, bonito, vaidade paga em três prestações no tempo em que ainda trabalhava. Um Nike.

— Quero o tênis do meu filho.

— Vai começar de novo, dona? Acho bom a senhora...

— Eu quero o tênis do meu filho.

Outro silêncio de momento. Depois outro sorriso do mulato magro:

— Tem mesmo coragem. Se o Claudemir tivesse um dedo da mãe... Márcio, traz o tênis.

— Mas, Ronaldo...

O mulato apenas se virou. O garoto de óculos ficou desconcertado, abaixou-se, desamarrou os tênis, tirou-os e atirou-os com desprezo ao monte de roupas.

A mulher recolheu as peças e foi tratando de sair. Quando estava na porta, ouviu que lhe chamavam. Parou sem se virar.

– Não esqueça, dona. A senhora me deve uma – disse o rapaz rindo.

Então, quando na semana passada, Francisca soube da morte do mulato, arrumou-se quase contente e saiu. Foi para a casa de Dona Ilda. Foi ali que a deixamos, linhas atrás, quando interrompemos a narração. Ali estavam as mulheres, a bandeja com café e chá de erva-doce sobre a mesinha de centro...

Sônia apareceu na porta mais uma vez e viu que estava tudo em ordem, voltou para dentro. Um certo tempo depois, as mulheres disseram que precisavam sair, mas voltariam logo. Foi assim que Francisca e Ilda ficaram sós. A triste mãe havia parado de chorar. Perguntou:

– A senhora conheceu meu filho?

Francisca negou uma vez mais.

– Pois devia conhecer; no fundo, não era mau – fez uma pausa e continuou. – Os irmãos brigavam muito com ele. Os irmãos tinham razão em brigar, mas ele era também meu filho.

Outro silêncio, e Dona Ilda continuou:

– A senhora quer conhecer o Ronaldo?

Francisca admirou-se, a mulher devia estar variando. Ilda levantou-se e pegou a outra pela mão; levou-a para o quarto. Na parede sobre a cômoda havia um rosário. Sobre a toalhinha branca da cômoda, um solitário, um copo com água e uma foto três por quatro do filho. A mulher pegou a foto que havia sido retirada de uma inútil carteira profissional e ainda se via o carimbo desgastado nela. A mulher apanhou a fotografia, olhou com carinho, e beijou-a. Olhou de novo, em seguida, entregou-a à outra. Era o mulato. Não sorria, e seus olhos até pareciam tristes. Era o Ronaldo. A mãe ao lado, começou a chorar. Abraçaram-se, como duas amigas que se reencontravam e choraram juntas.

Depois voltaram para a sala e ali ficaram um bom tempo em silêncio. Talvez rezassem, talvez nada, quem sabe? Francisca preparou-se para sair. O corpo podia chegar, e viriam outras pessoas. Não queria ver mais ninguém. Abraçou Ilda, beijou-a e saiu.

Na calçada parou e olhou para a casa. Agora um abismo as separava. Francisca começou a sentir ódio de Claudemir. Se ele morresse, poderia ao menos compartilhar com aquela outra mãe a mesma dor. Lamentavelmente Claudemir continuaria vivo. Começara a se arrepender de ter pedido ao João Pedroso que desse fim apenas àquela criatura de braços longos que vinha, três dias antes, subindo a rua e rindo com aqueles dentes grandes que mal cabiam na boca. Por um momento arrependera-se de ter escolhido o menino, de não tê-lo deixado com aquela outra criatura abominável para que se desfizessem juntos. E ela ficaria apenas com a saudade de seu menino. Agora era tarde. Tinha uma cruz para carregar e era tarde, muito tarde.

FÁBIO

Cansado por causa da viagem, tratava de refrescar o rosto. O cheiro de alvejante do banheiro público era enjoativo, mas a água corrente da torneira era agradavelmente fresca e abundante. Estava nesse deixar-se estar, quando notei, através do espelho, o homem que acabava de entrar. Vinha falando e gesticulando e caminhava reto na minha direção. Era impossível um conhecido naquele lugar, pensei, para logo em seguida perceber o quanto a primeira impressão podia ser enganosa. Para além da barba rala e do rosto mais gordo, entrevi o amigo antigo de farda, o Fábio. Ele veio e me abraçou forte, nós nos abraçamos.

– ...que me arrependo, foi ter perdido um amigo, meu melhor amigo. – Foi o que pude ouvir somente.

Fazia dez anos que eu não via o Fábio, nós dois tínhamos sumido e agora o destino, certamente por gozação, nos fez chegar ao mesmo posto perdido na estrada, e nos abraçávamos com a mesma paixão da antiga amizade.

– Só uma coisa arrependo – disse no meu ouvido com a mesma voz rouca e chorosa a frase que ele parecia ter criado e decorado desde muito tempo à espera exatamente desse encontro – foi ter perdido a tua amizade.

Então nosso passado entornou, como entornava antes, naquelas gloriosas noites, a cerveja que nós soldados de infantaria ansiosamente colocávamos nos copos. E foi assim que naquele banheiro de posto de serviços desatou em nós um borbulhar de sensações num tempo esgarçado e mínimo. Não sei se estávamos sós e nem sei qual de nós derramou alguma lágrima, lembro-me apenas do forte cheiro de alvejante; sim, um cheiro de alvejante que nos envolvia e que eu já nem sentia como coisa desagradável.

– Eu perdi tua amizade...

– Que é isso, Fábio!

– Você sabe, você sabe... eu perdi...

Fábio não queria se apartar de mim e nem da mágoa que carregava, ele só queria meu perdão e eu sabia, à parte todo o meu fingimento, eu sabia o remorso que ele sentia. É preciso esclarecer a situação em que me encontro, é preciso dar meia-volta, volver um passo atrás no tempo, chegar ao acontecido que tanto incomodava meu amigo: um episódio ocorrido há alguns anos depois de termos dado baixa do Sexto Batalhão de Infantaria, lugar onde nos conhecemos.

Lembro que era uma sexta-feira. Fábio apareceu em casa vestido numa estica que era uma elegância só, estava de terno sobriamente cinza, gravata combinando e uma maleta dessas de homem sério. Não perdi a chance de brincar com ele, de rir da nova farda e do novo fuzil que ele até com orgulho carregava. Que mudança, meu chapa! – disse rindo. E pude notar, logo depois, que a mudança não se dava apenas só na superfície da pele, ela brotava nos gestos, na ponta da língua e se firmava no ponto de vista. Minha nossa! Eu estava impressionado. Entramos a conversar, a fumar. O Raul cantava no toca-fitas *Ouro de Tolo* e a saudade nos levou aos bons tempos de 1975. Este tinha sido o grande ano.

Depois de darmos baixa, poucas vezes nos vimos, mas agora, nossos olhares ternos, relembrando 75, diziam que nossa amizade havia atravessado o tempo. Só depois perguntei o que é que ele fazia no momento, quis saber se estava namorando. A pergunta saiu assim meio tropeçada, mas ele, passando por cima dos meus cuidados, respondeu sorrindo:

– Estou namorando, e é a sério. Você sabe como é, a vida pede que a gente tenha responsabilidade.

Ele não guardava nenhuma mágoa, pensei aliviado. Mas foi depois de um bom papo que meu amigo entrou no real motivo de sua visita; ao perguntar onde trabalhava, disse:

– Vendo planos de um curso de inglês. É um excelente curso. E não estou dizendo isso por interesse, que pra você eu não mentiria. É que é realmente sen-sa-cio-nal. Mesmo!

Vejam só! O meu amigo infante parecia ter aprendido a língua mais aguçada de vendedor. Era a maravilha das maravilhas! Dizia ele sobre o curso que vendia. Um método novo, novo... Dois anos e a gente falava como um nativo. Era um milagre, um terrível milagre, disse quase em segredo, que iria provocar o fim das escolas de línguas tradicionais. Fui sendo tomado pelo seu jeito de falar, mais polido, com rodeios certos e finais de frases surpreendentes. Na época eu nem suspeitava que essa nova fala pudesse ser aprendida em curso especializado, com instrutores e equipamentos e que objetivava, ao fim das contas, unicamente capacitar o profissional para a venda dos tais planos. Não suspeitava, ou não queria suspeitar.

Meu amigo me venceu convencendo-me a aceitar o tal curso. Para ter definitivamente o emprego, ele ainda estava no período de experiência, Fábio precisava vender três planos, disse pondo um tom de tristeza na frase, e só lhe restava vender um. Pensou num amigo, pensou em mim. Não me ofereceria se não acreditasse que fosse bom e seus olhos brilhavam sinceridades. Comprei então o *The Kings English*. Depois desse dia, que podia ficar conhecido como o dia do *golpe do rei*, nunca mais vi meu antigo companheiro de farda, ainda que morássemos na mesma cidade, só vim a encontrá-lo de novo nesse momento, num banheiro do posto de estrada...

Fábio me olhou com uns olhos úmidos de remorso:

– A gente pode trair um amor, mas um amigo!...

Esta frase parecia proposital. Como poderia deixar de me lembrar, agora em que penso nela, da nossa Sílvia e daqueles tempos em que Fábio estava proibido de deixar o quartel por causa do sabre perdido? Naqueles tempos nós éramos tão jovens, tão astutos e tão ingênuos.

Vejo-me como se não fosse eu, ali sentado no sofá que havia no salão contíguo ao alojamento. À minha volta, aqueles objetos todos: lata de graxa, vela acesa, botas, escova e flanela. Lustrava uma das botas, quando Fábio se aproximou, sentou-se ao meu lado e ficou um certo tempo em silêncio olhando o trabalho. Ele estava triste por não poder deixar o quartel. Todos os nossos chegados já tinham saído, e eu também tinha um encontro dali a pouco.

– Ouvi dizer que você saiu com a Sílvia, seja sincero, é verdade?

Sem parar o trabalho, respondi secamente:

– É verdade.

Sílvia era uma menina que ele tinha arrumado. Sabia que não era coisa séria para ele, mas orgulho é como meia de moça, se fere com qualquer pontinha de farpa.

– E como foi? – perguntou, procurando dar a entender que estava mais curioso do que com raiva.

– Você quer saber...

– Tudo... como se conheceram, coisas assim.

– Eu estava na pastelaria. Ela entrou e não sei se reparou logo em mim, sei que foi chegando perto como quem não queria nada, parou do meu lado e ali ficou; e eu na minha... Olhei pra ela reconhecendo terreno, e aí olhei com ar interessado. Reparou que eu usava o chaveiro da companhia e, para puxar conversa, acho, me perguntou se eu te conhecia. Foi então que soube quem era e assim que começamos a conversar.

– E?

– E acabamos juntos.

– E então?

– Precisa dizer?

– Por que não?...

– Então dei para ela o chaveiro da companhia como lembrança, minha e sua. E ela, numa rua escurinha, bom... você pode imaginar o que ela me deu,... valia bem uns cem chaveiros.

Não sei que esforço Fábio fez para não se atirar no meu pescoço, ou quem sabe não tivesse feito esforço algum, o certo, o espantoso, é que não demonstrava nada, nem ciúme, nem raiva, nada. Eu não tinha falado de Sílvia para humilhá-lo, ele me perguntou, e eu não conseguia naquele tempo mentir para ele.

Aproximei a bota da vela e a cera queimou na quentura como olhos que querem chorar, voltei a lustrar com a escova. Fábio perguntou:

– Vai sair com ela hoje?

– Claro!

Fábio abaixou a cabeça e ficou olhando o desenho da cerâmica. Aquela história do sabre estava acabando com ele. Eu sabia. Fazia um mês que não arredava o pé do quartel por ordem do Capitão Roberto. Via-se nos olhos de meu companheiro uma agudeza de sofrimento.

Mas eu, bem, eu estava livre, acabava de engraxar e lustrar as botas, e no armário a farda de passeio pronta, lavada e passada só esperando por mim; e lá fora uma grande noite quente me chamava. Algo, no entanto, não estava certo, e eu não conseguia atinar direito com o que era. Não sei que idas e vindas fiz até meu armário e com que estranha lentidão me vesti. Passei a tardinha toda tão animado para sair e, de repente... não sei. Depois daquela conversa com Fábio, tudo ficou meio enrolado. Primeiro foi a calça que estava amarrotada, ou assim pensei que estivesse; depois, uma linha solta desgraçadamente teimava em me incomodar no ombro ou talvez fosse na nuca; no final, até as botas que tinha acabado de lustrar não pareciam nada boas. As palavras daquela conversa com o Fábio me voltavam e me aborreciam.

Ele tinha ficado lá no sofá, e eu me olhava no espelho. Procurei então jogar Fábio para fora do meu pensamento. Pensei em Sílvia, ela já devia estar me esperando, e ia ser uma beleza! A blusinha azul ou outra mais fina; já me imaginava com ela. Sílvia, que não era nem muito bonita, mas tinha uns peitos muito macios e bem apanhados debaixo da blusinha fina que usava.

Vamos embora, disse excitado, e a imagem no espelho sorriu para mim.

Penso que se eu não tivesse olhado para o Fábio, na hora em que ia passando pelo sofá próximo da porta de saída, não teria feito o que fiz. Mas ele me olhou de um jeito como quem faz um esforço enorme para disfarçar a tristeza:

– Aproveite por mim – disse simplesmente.

Foi então que eu parei. Depois: indecisão, silêncio. Olhei para as botas, dei um suspiro, não estavam mesmo boas, nada boas, e aquele fio no ombro incomodando. Que saco! O Fábio me olhava; pensei novamente em Sílvia para me animar, mas subitamente Sílvia me pareceu até mais feia do que de fato era. Conclusão do impasse: resolvi ficar.

Guardei as botas lustradas e inúteis e passamos, eu e meu amigo, quase toda a noite conversando. E falamos de tudo, de viagens que nunca fizemos e de aventuras que queríamos passar. Fábio falou de Verônica; e como poderia deixar de falar de Verônica? Seu eterno e grande amor. E falou repetidas coisas como se falasse pela primeira vez: como ela era bonita, como lhe ficava bem a covinha que se desenhava em seu rosto quando sorria, e como era uma fera no amor. Pensei algumas vezes em Sílvia, nos seus peitos macios, no que eu devia estar perdendo, mas não disse nada a meu amigo. Ele é quem mais falava, contava-me toda a sua aventura com Verônica de novo, como se eu não soubesse de nada, de como o marido descobriu tudo e da separação. Quando fomos dormir, estávamos mais felizes e mais amigos.

O tenente encarregado do caso do Fábio, de quando em quando, mandava me chamar. Nesses momentos era sempre secundado por dois sargentos. Pedia que eu lhe contasse o que tinha visto e ouvido naquela noite quando voltávamos do ralo. E eu podia esquecer? Chuva era só o que havia. A vista se atrapalhava, estávamos encharcados. A primeira coisa que me vem à memória é o som de metal tinindo no paralelepípedo. Foi o som que iniciou o pesadelo do meu amigo. Formávamos duas colunas que atravessavam a cidade e a chuva. Fábio ia na minha frente quando notei que lhe faltava o sabre: "Fábio, você perdeu o sabre! " – gritei, e gritei duas vezes por causa da chuva. Meu amigo saiu da coluna e se dirigiu ao sargento. O homem não queria ouvi-lo. Fábio teve que gritar muito. "Volta pra coluna! " – berrou várias vezes o sargento e Fábio obedeceu.

Onze vezes repeti essa história e a todo momento o tenente procurava ver se eu caía em contradição. Narrei o caso mais exato do que na realidade se poderia fazer. Às vezes o tenente cochichava alguma coisa no ouvido de um dos sargentos ao seu lado, ou então, voltando-se para mim, insistia com outra pergunta: "Quais foram mesmo as palavras do sargento ao soldado Fábio naquela noite?" Ou então: "Você e o soldado Fábio são muito amigos, não são?" Onze vezes repeti a mesma história, onze vezes defendi o meu amigo e acho que ele nunca soube que foram tantas vezes. Ninguém pode trair um amigo, a Pátria ainda vá lá, mas quem trai um amigo é capaz de qualquer coisa. Mas eles queriam punir alguém, o Capitão Roberto queria um exemplo, e o Fábio era o que se tinha à mão. Ficou dois meses sem ir para casa, sem sair à noite e perdeu a primeira e a segunda baixa.

Todas essas coisas eu não me lembrei delas assim da forma em que conto quando nos encontramos naquele banheiro. Conto-as agora assim só para poder dizer quem fomos. Estas coisas estavam na nossa carne...

Houve um momento em que um menino entrou no banheiro, devia ter uns sete anos e segurou as calças do Fábio.

— Ah, olha quem está aqui! Quero que você conheça, é meu filho.

— Você casou?

— Olha, filho – disse abaixando-se e apontando para mim – este é um grande amigo do papai.

O garoto escondia-se envergonhado.

— Tenho mais um casal, você precisa conhecer.

Então eu disse:

— Olha, estou com minha mulher. Vamos fazer o seguinte: juntamos as mesas e ficamos todos juntos.

— Não – disse Fábio. – Isso não. Assim nunca vou saber se ainda somos amigos.

— Mas, que é...

— Não, olha, aqui está o meu telefone, é de onde eu trabalho. Se você quiser me ver de novo, telefone, senão...

– Mas...

Não houve jeito, ele não queria que a casualidade do encontro fizesse o que a amizade não fosse capaz. Perguntei-lhe então de onde era aquele telefone.

– Não é da escola de inglês, não fique preocupado. Sou gerente de uma pequena fábrica metalúrgica – ele se afastou um pouco e observou: – você também subiu na vida.

Sorri. Eu estava feliz e queria de alguma forma celebrar o encontro, mas Fábio foi irredutível. Trocamos outro abraço e nos separamos.

Voltando à minha mesa, procurei explicar à minha mulher o fato ocorrido. Acho que ele fez o mesmo. Notei que sua esposa era bonita, mas não conseguia ver nela nenhuma das qualidades que ele gostava de ressaltar em Verônica. Sempre imaginei que Fábio fosse casar com uma mulher que tivesse algo do seu amor eterno. Não, nada de Verônica, nem a covinha no rosto no momento do sorriso. Nada. Foi então que percebi que ele, ao se dirigir à filha, chamou-a de Verônica. Ali estava o passado, de tudo algo sempre se carrega, pensei.

Prometi a mim que ligaria assim que chegasse em casa. Iríamos sair, beber umas cervejas, falar da vida. Pensei e repensei numa frase que melhor servisse para ser dita ao telefone. Não deveria mencionar nenhum perdão, a ação deveria valer por si. Pensei nos lugares que poderíamos ir e tudo que teria para contar e para perguntar.

Ao voltar para casa, não liguei para ele, nem naquele dia nem no dia seguinte, nem nunca. Não o vi mais. Procurei em vão, muitas vezes, uma resposta para esse meu ato. Quase nunca penso em Sílvia e na noite que não vivi com ela, a moça não teve nenhuma importância na minha vida. Às vezes penso no Fábio, o meu amigo, às vezes penso no outro, no Fábio que me conhecia tão bem e que soube exatamente como fazer, com intuição de gestos e palavras, para conseguir me segurar no quartel aquela noite em que eu ia sair com Sílvia. Talvez isso seja um exagero meu.

Quis reviver aqui a experiência de dois amigos e falhei. Sinto um grande vazio e isso ainda não é capaz de me fazer telefonar para ele. Não sei o que ocorreu conosco, acho que nós nos perdemos em nosso passado. Não sei nem se é isso, trago um punhado de sensações apaziguadas e alguma coisa além. De tudo, afinal, algo sempre se carrega.

LUDO

Fazia uma semana que a vovó tinha morrido e só agora a casa parecia que ia voltando à normalidade. Vera chorou por três dias e depois se conteve, pois não queria traumatizar Amália. Armando cuidou dos papéis como genro exemplar.

A velha ocupava quase que só uma cadeirinha na sala, e agora, a casa parecia enorme e deserta. Vera levou a cadeira e a cesta de tricô para a garagem e um resto de trabalho e as lãs foram parar numa gaveta para serem esquecidos. Até as fotografias foram retiradas das paredes com seus caixilhos antigos: as fotos traziam lembranças e as lembranças traziam tristezas, justificou Vera. Armando enviou roupas e outros trastes para a André Luiz; pronto, respirou por fim, agora a casa e tudo o que deixara a velha era só seu, definitivamente.

Ludo, não encontrando mais a antiga dona, tratou de adotar a menina. Não foi uma troca fácil para ele, por causa da maneira desajeitada com que Amália expressava seu amor. Era já um gato velho, e portanto acomodado, era muito bonito: todo branco com pintas amarelas. A vovó costumava dizer que as pintas eram ferrugens causadas pelo sereno que o danadinho havia tomado na mocidade, quando vivia passeando pelos telhados.

Armando tinha por hábito chegar às 18:30. E começava o ritual, arrumava os papéis na mesa do escritório e a valise no local certo da estante, depois beijava a mulher e a filha. Convinha esperar sempre um pouco para ver como estava o seu humor; conforme o caso, ou se podia falar pelos cotovelos, ou só o essencial. Ao jantar, vinha sempre a pergunta sobre a escola, e Amália dizia sem entusiasmo as duas ou três frases de costume: era apenas a mecânica da obrigação que a convivência impunha.

Naquela noite, porém, foi que Armando cogitou pela primeira vez que deviam dar o gato à tia Karen, talvez fosse melhor para o Ludo. Amália apenas olhou para o pai. O homem, desconcertado, desconversou. Vera notou como nunca havia notado a grande semelhança entre a menina e a avó e sentiu um arrepio: eram os mesmos gestos pequenos e silenciosos, os mesmos olhos castanhos e achinesados. Vera também percebeu outra coisa: era só a custo que o marido conseguia disfarçar seu ódio pelo bichinho. Outro dia no corredor, surpreendera-o fazendo um gesto de chutar o animal. O homem riu como se brincasse. Vera mesmo não morria de amores pelo gato, era-lhe quase indiferente, se não fosse uma ponta de ciúmes pela filha, por esta dar-se com tanta gratuidade àquele pequeno animal tão mesquinho, que só demonstrava algum afeto quando lhe dava na telha.

O pai nesse momento do jantar, já falava do *Fahrenraht*... alguma coisa, filme que ia passar na televisão. Amália esperou paciente que eles acabassem a conversa e fossem assistir ao tal filme. Desta vez, não brigou para ver televisão até tarde. Quando subiu para o seu quarto, levava consigo uma canequinha de leite numa mão e uma sardinha em conserva na outra. Encontrou Ludo esparramado na cama.

– Olha a papinha, olha!

Ludo abriu a boca espreguiçando. Pulou da cama miando e começou logo a comer. Depois, já de todo satisfeito, voltou novamente para a cama e começou a roçar-se na perna da menina. Amália também carinhou-o lembrando-se da estória da ferrugem que a vovó contava. Depois pensou com mágoa no pai que queria se desfazer do Ludo.

– Ele pensa que é o rei de tudo.

No dia seguinte, a menina foi acordada com sacudidelas e um grande puxão de orelhas.

– Então a senhora deu agora para rabiscar a casa, heim?

– Que foi?...

Amália despertou do sono para a dor do puxão de orelha e a irritada figura da mãe foi-se formando monstruosa na sua frente.

— Vai dizer que não fez aquilo. Seu pai ficou uma fera, espera só quando ele chegar.

— Mas... o que é que eu fiz?

Vera não disse mais nada, arrastou a filha pelo braço com violência; levou-a até o banheiro.

— E então? Olha aí! — Vera estava até com mais raiva agora que apontava para o espelho. Como a menina tinha tido a ousadia de ter desenhado aquele gato com seu batom, o batom que ela mais gostava, no espelho do armário? A mãe olhava com muito ódio para o espelho e o gato parecia até estar sorrindo.

Amália tinha os olhos espantados.

— Não fiz nada.

— Não? E quem é que fez?

— Eu...

— Vá para o seu quarto, vá para o seu quarto e não me saia de lá. Vou limpar essa sujeira, sua porcalhona.

A menina obedeceu sem procurar dizer mais nada. Afora o período de escola, passou o tempo todo em seu quarto.

Amália já estava se acostumando às brincadeiras solitárias. Possuía uma caixa de teatro, com palco, atores, cenários e figurinos. Era onde inventava o seu mundo, imaginava estórias de príncipes e princesas, de bruxas e ladrões, de gatos de botas. E assim esquecia-se de si nessa brincadeira. Ela era todas as personagens; nascia, morria, inventando-se sempre outra. E o fio da estória ia longe, uma aventura emendava-se com outra, um fato ocorrido na escola ou no jantar virava uma cena da estória e assim, fora de sua insignificância cotidiana, o episódio ganhava relevância vital para a trama que a menina inventava, inventava, inventava,...

A única quebra de rotina do dia para Vera foi ter que limpar o armário do banheiro. Pôs-se a esfregar com pano umedecido com álcool e o gato foi sumindo. Teve que esfregar muito em algumas partes e não houve jeito de apagá-lo todo. Todo o corpo foi sumindo, menos os olhos e não houve álcool, acetona, amoníaco que os removesse do espelho.

Antes do jantar, vieram novas broncas. Armando estava com muita raiva e seus gritos saíram cuspidos. A filha não levantou a cabeça, quase não jantou. Quando Amália subiu, Vera disse ao marido:

– Será que vamos ter que trocar o espelho?

Armando já tinha estado no banheiro; também ele tentou em vão limpar os sinais de batom. Impotente, intrigado, contemplou por um instante o desenho, movimentando a cabeça, os olhos do espelho encaixaram-se num momento na exata posição dos seus olhos. Armando encheu-se de horror, horror e ódio. Era como se sua imagem o observasse com os olhos de outro. E aquilo era culpa da filha, da filha e daquele maldito gato que a avó lhe deixara de lembrança.

Como fazia toda a noite, Amália colocou leite e sardinha em conserva para o bichano. Barriga cheia, o gato aproximou-se. A menina colocou-o no colo e acarinhou-o.

– Vê como eles são, Ludo. Eles querem separar a gente.

O gato recebeu com gosto o carinho da amiga.

– Não sabem como fazer e inventam as coisas. Veja só, gostam também de brincar de teatro.

O gato puxava um fio da blusa de Amália e suas pintas amarelas brilhavam na luz; estavam mais bonitas.

– Disseram que desenhei no espelho. Que o batom não sai. Como eles disfarçam bem! Como é que o batom não sai? Querem tanto separar a gente, Ludo, que tiveram que inventar essa estória. Mamãe me levou para o banheiro e me mostrou o espelho. O espelho estava lá, limpinho, e ela dizia apontando: "olha o gato, olha o gato". Mas só tinha ela no espelho.

Amália abraçou seu amigo já chorando, começou a perceber que as almas também podiam enferrujar, e enfeiavam, eram bem diferentes da pelagem dos gatos.

A
TRAMA
DA
ARANHA

Maria Alice chegou angustiada em casa e não queria ver ninguém. Na sala a filha e o namorado esperavam por ela.

– Precisamos falar com a senhora.

– Agora não – disse rispidamente, baixando a cabeça e tentando passar.

Patrícia colocou-se na sua frente, o que a filha tinha a dizer não podia esperar. Maria Alice segurou qualquer anúncio de choro e esperou com uma indignação nos olhos. Que era? Há uma semana, Patrícia tivera a comprovação de sua gravidez; já ia lá pelo terceiro mês. Depois de alguma indecisão e muito choro, ponderou com o namorado que o melhor era mesmo desembrulhar o segredo para os pais.

Foi assim que nessa tardinha de quarta-feira esperaram por Dona Maria Alice e, muito diferente da maneira como haviam combinado, ali, no meio da sala, foram dizendo tudo atabalhoadamente à mulher perplexa. Empolgados, estavam até felizes com o que diziam. O problema é que nem sempre o efeito é o que se espera.

Maria Alice baixou a cabeça e começou a chorar. Foi um choro baixo, de início, que começou a crescer, crescer, até que se tornou um choro extravasado de menina sem modos.

Rogério transformou-se numa estátua de cara rosada. Patrícia, depois da indecisão de um segundo, estendeu os braços na direção da mãe, mas esta, pressentindo o ato compassivo, recuou, com súbito horror. Num gesto rápido, correu, passando entre a filha e o namorado e, sem que nada pudesse deter-lhe o passo, subiu gritando os rápidos degraus que levavam aos quartos.

Trancou-se no quarto e não houve súplica de Patrícia que a fizesse abrir a porta. A moça não teve o que fazer a não ser voltar para a sala e desculpar-se com o namorado.

Que noite! Maria Alice quase não dormiu. Patrícia um pouco melhor, mas demorou para pegar no sono. Pensou e repensou muitas vezes a cena da sala. Não entendia a atitude da mãe. Esperava um apoio que não veio; acreditara que podia confiar nela. Como era possível? Fosse o pai, ainda vá lá, esperava até coisa pior, mas a mãe?... Então pensava em Rogério e na criança. E assim ia e vinha pensando, até que o sono chegou e levou-a para um lugar bom e distante.

O que essa moça não podia imaginar é que se a conversa da sala tivesse ocorrido uma semana antes, o desfecho seria certamente outro. E a explicação era que Maria Alice tomou conhecimento nesse dia das duas piores revelações de sua vida. Uma já se sabe; a outra, esta sim era muito mais terrível que a gravidez indesejada da filha.

Aconteceu que pouco antes de chegar em casa, numa rua próxima do centro de Guarulhos, Maria Alice pôde ver, sem os olhos de más línguas, que Édson, o tão conceituado dono da Fiel & Filhos Transportadora e também seu marido, tinha de fato uma tal amante jovem e bonita.

O choque foi tremendo. Não fosse a amiga Carmem que a acompanhava, Maria Alice teria feito uma loucura. Viu tudo sem ser vista. Depois Carmem passeou com ela até que se acalmasse e só então levou-a para casa. Ao chegar, a filha barra-lhe o caminho e com a cara mais deslavada do mundo lhe diz que está grávida. Não havia dúvidas, o mundo estava vindo abaixo.

Na manhã seguinte, a mulher acordou só na grande cama; o marido ficaria fora até domingo, por causa de uns negócios para resolver em Porto Alegre. "Uns negócios!", pensou Maria Alice, quase sorrindo de sua infelicidade. Sentia-se sem ânimo e demorou muito para sair da cama.

Ao descer, encontrou os filhos na copa. Patrícia já havia contado aos irmãos sobre a gravidez. Alexandre ficou indiferente; ausente nos seus dezesseis anos. Fernanda estava feliz; "E pensavam que isso iria acontecer comigo, não é?" Foi o que leu a mãe no sorriso da filha. Mas se enganava, na verdade, Fernanda estava sinceramente feliz, é que Maria Alice, no fundo, preferia que a coisa fosse com Fernanda. Era mais aceitável apenas por ser mais previsível, já que essa menina tinha uma habilidade grande em arranjar amores variados.

A mulher quase não falou com os filhos. E todos pensavam enganados que era dor de coração de mãe. Carmem chegou à tarde e soube da gravidez de Patrícia. Lamentou intimamente o destino da amiga e inventou forças para ofertar o que ela mesma não possuía. Passaram conversando até o fim da tarde. Conversando é modo de dizer, Maria Alice quase não falou. Embora estivesse melhor depois de certo tempo, foi só a amiga ir embora, voltou à mesma prostração em que se achava antes.

Ao encontrarem-se novamente no dia seguinte, Carmem notou que a amiga estava mais abatida ainda que na véspera; os cabelos estavam mal penteados e nenhuma maquiagem disfarçava as olheiras, até esmalte faltava em algumas unhas.

– Mas o que é isso, amiga! Ânimo!

A mulher sorriu, sorriso frouxo e curto. Carmem deu início a uma sessão de inútil otimismo de dar inveja ao calendário da Seicho No-Ie. Como forma de agradecer, Maria Alice procurava mascarar sua apatia e, às vezes, até sorria.

– Meu Deus, estou atrasada! – disse Carmem consultando o relógio e levantando-se com energia. – Hoje é sexta, dia do peixe do Zé Celso.

O marido de Carmem era gerente da transportadora de Édson havia mais de quinze anos. A amizade dos dois foi que criou a amizade entre as esposas. Maria Alice acompanhou a amiga até a porta e despediram-se com beijos. Carmem olhou-a com ternura.

– Você precisa reagir – disse sem muita convicção e partiu.

Voltando à sala, Maria Alice sentou-se pensativa no sofá. Não poderia continuar como estava, e alguma coisa lá no fundo começou a se mexer. Era sua alma que se dispunha novamente a voltar à vida. Ainda era uma vontade vaga, como um paciente enfraquecido que acorda num quarto escuro e procura alguns fiapos de realidade que comprove que ainda está vivo.

Começava nesse momento uma transformação. As palavras da amiga repetiam-se na sua cabeça. O que foi decisivo para removê-la de sua apatia. As palavras da amiga. Não, nenhuma palavra encorajadora seria capaz de dar força à mulher. Curiosamente foi um comentário casual de Carmem. Um simples comentário sobre o peixe do Zé Celso.

Pela primeira vez sentiu inveja de Carmem. Inveja. Ela que era tão mais rica que a amiga, que já tivera da vida mais do que sonhara, uma casa com piscina no Parque Maia, filhos bonitos e um marido que lhe dava tudo do melhor, ela sentiu inveja da amiga. Inveja enorme que parecia ter tomado conta do ar de toda a sala. Uma inveja que era fruto daquela coisa tão prosaica que era preparar um peixe para o marido.

A mulher levantou-se e começou a andar pela sala, da força da inveja nasceu uma alma nova. Parou de repente em frente do espelho. Impressionou-se com a imagem. Passou a mão energicamente nos cabelos, no rosto, olhou as unhas. Meu Deus, estava se desfazendo, e o peixe da sexta-feira tinha uma firmeza de religião.

Maria Alice queria de volta sua vida e jurou para a imagem no espelho que a teria de volta, não importava o que teria que passar ou fazer. Perdera já muito tempo sentindo dó de si mesma, e era hora de começar a agir. Tinha apenas um dia para ocultar o coração e deixar transparecer apenas o que conviesse a seu propósito.

O primeiro passo foi procurar a filha, era preciso cerzir a amizade que se rasgara. Pediu desculpas com lágrimas. Ninguém poderia duvidar da sinceridade de suas palavras. A filha abraçou a mãe e a perdoou.

A partir de então tomou outro ritmo. No domingo, Rogério e Patrícia aguardaram na sala que seu Édson e Dona Maria Alice saíssem do quarto. Ficaram lá vinte minutos, quando saíram, o marido tinha um rosto de gesso e a esposa enxugava uma lágrima.

Édson olhou para o moço como se olhasse um caminhão para a compra. "Não vale nada", pensou. Fez um gesto de impaciência, mas a mulher tocou-lhe o braço como se dissesse, "não esqueça do que conversamos". O homem era assim meio grosso, com sorte nos negócios, mas um tanto ingênuo e sentimental, uma alma de caminhoneiro.

A conversa foi mais civilizada do que prometia. A esposa percebeu satisfeita a culpa que o marido sentia por ter falhado como chefe da casa. Talvez por não ter o direito de não ser duro procurou até brincar. Quando Alexandre e Fernanda entraram, pareciam até felizes. Édson mandou que Socorro distribuísse os copos e brindaram o futuro, os homens com *whisky* e as mulheres com martini. Maria Alice não poupou lágrimas, e o domingo terminou melhor do que ela havia imaginado.

Durante toda a semana, o marido chegou em casa cedo; mais uma vitória da esposa. Na segunda-feira convenceu-o a levá-la ao Center Norte para, imagine, percorrer as lojas de artigos infantis e de móveis de criança. Inicialmente o homem sentiu-se ridículo e quis carregar a mulher dali, mas ela estava tão emotiva como na véspera e tão entusiasmada com os novos estilos de berço, que não teve ânimo de contrariá-la e deixou-se levar pela esposa. Em pouco tempo, também nele começava a surgir algumas tímidas reações, quem diria, reações de pai de primeiro filho.

Maria Alice foi usando da gravidez da filha para se aproximar do marido. O que parecia no início um estorvo, tornou-se conveniência. E se algumas vezes Édson a apanhou chorando, a esposa justificava as lágrimas dizendo: "Ela é tão menina..." ou algo do tipo. Não que algumas vezes Maria Alice não tenha chorado pela filha.

— Deixe disso, vamos — dizia o homem, abraçando-a, e ela, ainda que sentisse ciúme do marido, ou um pouco de raiva, não desprezava o braço amigo.

A raiva mesmo foi se tornando cada vez menor. O hábito do disfarce foi tornando-se tão natural que Maria Alice o foi transformando em verdade, e foi deixando de ter qualquer sentimento adverso pelo marido.

Na terça-feira, Zé Celso e Carmem vieram jantar e jogar buraco. A idéia fora de Maria Alice, que também dera um jeito de fazer sumir os filhos.

— E o menino, como é que vai? — perguntou a dona da casa a Zé Celso, referindo-se a Rogério que agora trabalhava na transportadora, graças a interferência da futura sogra. Rogério era de família pobre e Maria Alice queria um genro que tivesse um salário digno da filha.

— Com jeito ele chega lá — respondeu Zé Celso.

Édson fez um gesto que expressava algo entre a incredulidade e o conformismo.

— Deixe de tantas desconfianças, querido. Seu genro ainda vai ser um grande homem de negócios. Você deve estar é com ciúme de sua filha.

Dizendo isso, aproximou-se do marido e beijou-lhe o rosto, olhou-o com os olhos cheios de amor e sorriu. Édson sentia-se bem como há muito não se sentia em casa; começava a desc brir uma mulher bonita ocultada pela dona de casa ex ente e pela mãe terrivelmente

90

chata. E assim a esposa dedicada ia mostrando as delícias do lar, ao mesmo tempo que empurrava para debaixo dos tapetes e dos móveis todos os infernos que também o compunham. A mãe também estava satisfeita com o resto da família. Patrícia e Fernanda estavam se dando melhor do que nunca. Andavam agora sempre juntas, andavam muito ocupadas com as compras do enxoval da noiva e do bebê. Desconfiavam de algumas esquisitices da mãe: as conversas sempre secretas com Carmem, a sensação de que a mãe parecia às vezes se exaltar com uma pessoa ausente. Atribuíam isso ao impacto de ser avó. E assim ia ...

Na quarta-feira, Maria Alice telefonou para Carmem pedindo que a amiga viesse à sua casa, tinha uma coisa muito importante para tratar com ela.

– Bolei um plano para acabar com a lacraia – disse Maria Alice assim que Carmem entrou. – Só preciso de sua ajuda e da de seu marido, minha amiga. Vamos, sente-se.

Tratava-se de uma farsa que, se bem executada, deixaria evidente que a esperta da amante possuía um outro amor jovem como ela, e que seu interesse não era tanto pelo que provinha do coração de Édson, quanto pelo que provinha de seu bolso.

A trama envolvia fotografias tiradas às escondidas, contas bancárias e documentos alterados, e para que tudo isso desse certo, era necessária a participação efetiva de Zé Celso.

– Olhe, Maria Alice, não sei se Zé Celso vai...

— Eu preciso de ajuda, Carmem, pelo amor de Deus...

— Maria Alice, veja bem, o Zé Celso é muito amigo do Édson!

Maria Alice respirou fundo, depois olhou muito séria para a amiga e continuou:

— Muitas fortunas se acabaram por paixões desse tipo, você sabe. Você precisa convencer seu marido a me ajudar, senão estou perdida. Senão tudo poderá estar perdido, até a transportadora.

Carmem sentiu um tremor. A amiga tinha razão. Zé Celso havia dito que a coisa era séria mesmo; o homem andava dando tudo para a moça, deu um Escort e estava montando um apartamento, fora outros presentinhos do dia-a-dia. E a firma não estava lá essas coisas, mais um pouco...

No dia seguinte, Carmem ligou para dizer que estava tudo certo, o marido ficou receoso no início, mas conseguiu dobrá-lo. O plano já estava em andamento.

No final de semana, não houve jeito de segurar Édson em casa; tinha um encontro com donos de transportadoras num hotel fazenda e não podia deixar de ir. A esposa mordeu os lábios e não contestou, desejou-lhe bom encontro.

No domingo à noite, estava de volta e chateado.

— Como foi o encontro?

— Péssimo! Só deu discussão besta.

Carmem ligou na segunda para dizer que estava indo tudo às mil maravilhas, os pombinhos haviam brigado muito no final de semana.

92

Quando chegou quinta-feira, ninguém precisou ligar para dar boas notícias, bastou a mulher olhar para o rosto triste do marido, para que seu coração se alegrasse.

O homem sentou-se calado no sofá, e calado ficou um bom tempo. Maria Alice sentou-se ao seu lado aguardando. O marido de quando em quando dava um suspiro e olhava para o teto, para os quadros, para os móveis; outras vezes balançava a cabeça negativamente como se discordasse de uma voz interior que vinha lá de dentro de sua alma. Depois de certo tempo, o homem virou-se para a esposa e disse:

— Você é tão boa que nem sei se te mereço.

Ela o abraçou.

— Que é isso, meu bem...

— Me perdoa, Maria Alice, me perdoa.

A mulher sorriu. Ficaram abraçados longo tempo e Maria Alice sentiu que seu ombro se umedecera. Seu coração se encheu de felicidade, pois nesse momento soube que havia reconquistado sua vida.

— Muito bem — disse Maria Alice a todos no dia seguinte. — Está na hora de aproximarmos as famílias: vamos fazer um churrasco no domingo.

Édson demorou para se animar e até durante a festa estava meio perdido. Vieram todos; a Carmem com o marido e as crianças, Rogério com os pais e os irmãos, estes encabulados olhavam fascinados a casa e a piscina. Vieram também amigos de Édson e uns garotos amigos do Alexandre, além de dois ex-namorados de Fernanda, e Carlos, o atual.

Maria Alice recebia a todos com um sorriso radiante, era o coroamento de um processo.

– Livre enfim? – perguntou Carmem.

– Definitivamente.

Havia várias rodinhas aqui e ali em alegria obrigatória. Alguns comiam carne, outros estavam interessados na Brahma e assim corria a festa. Era preciso integrar os pais de Rogério, e Édson não desgrudava de seu Roberto. Todos riam das piadas que este contava, menos por acharem graça que por cortesia. Dona Eulália ficou numa rodinha de senhoras quase o tempo todo muda.

Não demorou muito, Carlos fez uma cena de ciúmes e foi-se embora.

– É um chato mesmo – disse à irmã. – Homem é tudo igual.

Num dado momento, Maria Alice subiu para seu quarto, abriu a porta balcão que dava para a varanda e daí ficou observando todos que se divertiam à volta da piscina. Então alguém pulou na água, depois mais outro e outro mais. Era o auge da festa.

– A alegria voltou a esta casa – disse Carmem, ao aproximar-se de Fernanda e Patrícia.

– Que bom que a senhora esteja gostando – disse a noiva.

Carmem, olhando para a amiga que as observava lá de cima, comentou:

– Passou maus bocados, um dia ela contará para vocês.

As duas irmãs se entreolharam. Então de fato havia algo. Ninguém precisava falar nada, pois elas perceberam. Como se pudessem ver tudo o que Carmem e Maria Alice viram naquela tarde. Não estavam lá, mas era como se estivessem no banco traseiro do carro de Carmem. Elas viram a moça loira de blusa negra e saia xadrez que aguardava impaciente na calçada. Depois viram o Tempra de Édson que veio da D. Pedro, e o homem sorrindo abriu a porta do carro, e a mulher que apaixonadamente o beijou. Não estavam lá, mas viram o desespero de Maria Alice que queria ir arrancar o homem do carro e foi contida pela amiga. Viram o desespero da mãe que quis gritar e não pôde, pois o ódio apertava com garras de ferro sua garganta. E ouviram-na gritar quando o carro partiu, e xingar entre lágrimas de vaca, de lacraia, e mais lágrimas, e lágrimas. Viram os homens que saíam do bar próximo para verem o que se passava. Eram homens sujos de trabalho. Viram quando um dos homens, destacando-se dos demais, aproximou-se do carro e abaixou-se, e Maria Alice pôde ver a cara disforme do negro através das lágrimas. As irmãs não estavam lá, mas viram a humilhação que sentiu a mãe ao ver que o bêbado sentia dó dela. E viram-na odiar o negro, porque naquele instante, na sua pobreza, aquele homem era superior a ela.

— Vocês foram muito boas para a mamãe – concluiu Carmem.

Patrícia e Fernanda olharam ao mesmo tempo para a mulher na varanda. A senhora revivida. Novamente olharam uma para a outra e sentiram medo, muito medo, um enorme medo, pois sabiam que não poderiam escapar dos fios invisíveis da teia em que se encontravam presas.

CARTA
A
MEU TIO

Guarulhos, 24 de agosto de 1979

Querido tio Albuquerque, antes de tudo quero pedir sua bênção. A mãe e o pai mandam lembranças a todos: tia Angelina, tio Antenor, Carlos e a Marina. Espero que todos estejam bem de saúde e gozando de alguma felicidade.

O pai mandou que eu escrevesse, pois não quer demonstrar sua tristeza como faz a mãe. A infelicidade tomou conta de toda casa e a mãe pediu que eu explicasse o caso para o senhor com todos os detalhes. Ela disse que o senhor é um dos homens de mais senso e não iria querer apenas saber, mas compreender o que aconteceu a Josué, e só os fatos não são mesmo quase nada.

Deve ser difícil para alguém como o senhor entender a cidade. Guarulhos não é nem bonita, como aqueles pedaços de cidades que aparecem na novela das oito. Bem mais feio ainda é o Jardim Moreira, fundo de coador apinhado de gente. Acho que o senhor nunca viu nada igual.

Todos os que chegam têm jeito abaianado, como dizem; baiano, alagoano, cearense, somos todos baianos. Não gosto que me chamem assim porque a gente percebe logo uma certa ofensa no chamado, então não gosto nem de parecer; é por isso que minha defesa é, às vezes, no lugar de nomes mais feios, ofender de baiano também os outros, até os que, como eu, nem sempre são.

Nós temos aqui um pequeno comércio: a padaria que era do Seu Adriano, a farmácia, a quitanda, uma casa de jogo do bicho, açougue e banca de jornal. Temos, ainda, além do posto de saúde, a escola, que é onde eu faço a oitava série. Dizendo assim até que parece grande coisa. Ilusão. Até o asfalto aqui é coisa rara, afora a Cachoeira, só algumas travessas são pavimentadas, que é por onde passam os ônibus. De manhã, eles vão empanturrados de gente e assim voltam à noite. O pai vai no das cinco e dez, eu no das sete.

Nossa casa fica nesse miolo de ponto final de linha; e não seria tão mal viver por aqui, não fosse certas violências e certos medos por que a gente passa. Às vezes, num sábado ou domingo à noite, escutamos tiros. É o desfecho natural de brigas. Do meu sono leve posso escutar toda a rua: bate-boca, vozerio, palavrão e meu coração já se apressa... Tem sempre alguém morrendo e não é raro que o dia amanheça com um corpo coberto de jornais, pacientemente aguardando a perícia.

A noite em que polícia ronda, acontecer uma morte é coisa quase certa. As armas são de todos os calibres. Com o tempo, fui aprendendo a distinguir o som do tiro de uma arma e de outra. A viatura chega com a sirene desligada como um perdigueiro para a caça, os pneus rolam silenciosos no asfalto, sons metálicos; quando parte, parte à toda, correndo, correndo, como um cão latindo um latido esquisito. Para trás ficou o sangue e a morte.

O Josué sempre foi um bom moço, bom até demais. Na escola era um dos primeiros, mesmo trabalhando de dia e estudando à noite, o que não é o meu caso. A Dona Antônia sempre dizia que eu devia ser muito melhor do que ele, mas eu tinha cabeça mais dura, o que eu demorava para aprender em duas horas em esforçado estudo, o Josué devorava num fôlego de cinco minutos; e confesso que até tinha inveja dele: o melhor nos estudos, o melhor em casa, o melhor no futebol. E agora sou eu quem tem que escrever da melhor maneira o que aconteceu.

A mãe diz que foram as más companhias, o pai não gosta de tocar no assunto. Só sei que a primeira vez foi aquele negócio da campanha do agasalho, uma coisa à toa. Por ser preso primário, o Josué foi logo solto. No entanto, o bom filho tinha caído em desgraça, porque não se podia acreditar que Josué, o bom Josué, pudesse ter apanhado roupa da campanha para vender por aí.

O pai não economizou nem xingos nem cinta, mas a segunda falta não tardou, nem a terceira, até que Josué acabou como que perdendo de todo o juízo, deixou a escola, o trabalho, arrumou outros amigos, e foi morar por aí, ninguém sabendo direito onde.

Às vezes aparecia para uma visita, todas muito curtas. Nesses dias, o pai tratava de sair de casa; para o nosso pai, homem tão sério, o meu irmão tinha morrido; e se caso acontecesse de passar por ele, não lhe oferecia nem um olhar de bom-dia. No começo, Josué vinha mais vezes, mas depois foi deixando, deixando, até que as visitas poucas tornaram-se quase nunca. Lembro que nessa época a mãe já sofria demais, e a gente sabia que ela chorava às escondidas. Sempre que Josué ia embora, a mãe punha vela e rezava. Durante uma hora ficava assim numa mistura de reza e choro.

Aconteceu que uma vez o pai chegou quando Josué tinha acabado de sair. A mãe estava rezando, ajoelhada no costume, o pai aproximou-se, ela sequer virou o rosto. O pai ficou ali parado, olhando a vela acesa para a estatueta de Nossa Senhora Aparecida, cujo manto azul do lado direito tinha um pedaço faltando. Acho que ele também estava rezando.

Tio Albuquerque, o que aconteceu com o Pelé parecia um aviso. Era um rapaz muito bem apreciado, a mãe gostava demais dele e até o pai, mesmo com a má fama de andar com vagabundos, não havia quem não gostasse dele. Era bom com todo mundo. Eu achava que ele nunca iria morrer como morreu; sim, uma pessoa de quem a mãe gostasse não poderia por quem quer que fosse ser assassinada, eu pensava. Minha certeza caiu com o corpo de Pelé pesado de balas. Encontraram ele com a cabeça enterrada no riacho que tinha virado esgoto. O Pelé tomou uma aparência medonha, a cara ficou arroxeada de inchada. Falar do Pelé não tem nada a ver com o que aconteceu com o Josué, falei somente porque as pessoas gostavam muito dele e também para me convencer de que a tragédia não é coisa só da nossa família. Desculpe a crueza desses dizeres, tio Albuquerque, nas próximas cartas, que me pedirão para escrever, tomarei o cuidado de colocar de lado os detalhes mais dolorosos, desconfio que eles já não são tão úteis para a compreensão dos fatos.

A última vez que vi meu irmão ele estava demais agitado, desconfiei que ele iria sumir. Já não sentia inveja, o melhor aluno, o melhor! Nem também a piedade da mãe, ou a amargura do pai, o que eu sentia era aquela sensação que se tem quando assistimos a um filme que não compreendemos, mas não conseguimos desgrudar os olhos até o final. E conto tudo como quem confessa, na esperança de que o senhor possa compreender nossa vida e talvez, quem sabe, explicá-la para mim.

Naquela noite, fui um dos últimos a sair do ginásio. A procissão de aventais brancos já havia desaparecido na escuridão das ruas. Na passagem sem luz que há entre os portões e a porta de casa, tropecei e caí. Havia algo no caminho. Procurei de longe ver o que era, mas não consegui, então fui tateando no escuro e não foi difícil verificar que eu havia tropeçado num corpo. Sim, num corpo, e recuei assustado. Não gritei, não podia, pensei em minha mãe e sabia que o corpo ali só podia ser do Josué. Senti medo, muito medo, mas segurei o grito dentro de mim. Um de meus sonhos maus acontecia então: Josué morto e jogado no terreno de casa. Não sei o tempo que fiquei ali parado e tremendo no escuro, não sei que gerações de segundos se passaram embaralhando meus pensamentos. Tristeza, raiva, desilusão, tudo de mistura penetrou em mim como penetrou o frio da noite pelo avental branco e pela pele impotente que havia debaixo dele. Depois, ainda confuso, arrastei o corpo até onde uma fraca luz pudesse iluminá-lo, queria a certeza do que já sabia. Não sei como pude encarar a morte de meu irmão. Fiquei tomado então de um terror ainda maior, porque algo aumentava a tragédia daquela morte: quando olhei para o rosto de Josué, não havia rosto, da testa ao queixo era apenas uma cratera. Fiquei ali olhando não sei por quanto tempo para aquele rosto que não havia, e chorei abraçado ao corpo de Josué.

A noite foi de outros choros e gritos; para mim o mais difícil foi entrar em casa e dizer que Josué estava morto no quintal. Todo o resto foi suportável. A polícia veio fazer a rotina, o pai foi tratar da papelada quando amanheceu o dia. Josué foi lavado e vestido com uma roupa novinha; rosas enfeitaram o seu corpo, e ele ficou parecendo um santo sem rosto. Os vizinhos encheram fácil a casa, os mais impressionados ficaram de longe e houve desmaios. Às quatro da tarde, foi o enterro.

Tio Albuquerque, foi tudo isso o que houve, e o senhor saberá a melhor maneira de dizer aos presentes por aí. Aqui todos estão muito tristes, e eu tenho tido muito medo de chegar à noite em casa. Não é somente o medo por ser tomado por algum outro qualquer que tenha a cara igual a minha. O que me apavora é saber que poderei morrer também sem rosto. O Josué todos reconheceram, mas a mim eu não sei não, tenho medo. Desculpe a fraqueza. Mais uma vez, peço a bênção.

QUADRILHA

Mais do que a repentina frase de minha mãe, que notificou a morte de prima Lúcia, a entrada na casa de tia Vera foi a mais eficiente mensagem do terrível acontecimento. Haviam desligado a maioria das lâmpadas do enorme jardim e nós, ao contrário das outras vezes, tivemos que cruzá-lo quase todo para atingirmos a porta lateral. Íamos calados sobre a linha de pedra que dividia o gramado; e a noite, calorenta, passo a passo, perfumava-se de tristeza.

Ao chegarmos à porta lateral, um episódio fez entreabrir uma fenda no sentimento que nos carregava. Demos com tia Albertina e prima Clara que discutiam aos baixos berros. A causa não era outra que o vestido de minha prima, o luto mais gracioso e curto que já vi. Mas não havia com isso, creio, nenhuma intenção de Clara de desrespeito à irmã morta. Não havia a maldade que tia Albertina queria ver. Usar aquele vestido traduzia apenas a natureza de prima Clara, a impulsividade; e tia Albertina demonstrava que continuava ser a eterna xicarazinha de amargura.

– Venha, primo, venha – disse Clara com ironia –, venha beijar essa ovelha negra.

Minha tia irritada abanou a cabeça. Esqueci-me por um instante de sua rabugice para me esquecer de mim mesmo olhando o rosto de minha prima, que estava abatida e cansada, mas sobretudo bonita.

– Estou cheia de hipocrisias – disse-me, sussurrando e afastou-se rapidamente de nós.

Terminado esse breve momento de agitação, envolveu-nos de novo a tristeza e entramos na casa, mas não sem antes ouvir de tia Albertina que a juventude estava perdida.

Assim que apontamos na sala, pudemos sentir aquela concreta densidade que os sentimentos tristes possuem. Gente semimuda fazia um grande círculo em torno do caixão. Tia Vera, como uma mulher antiga pronta para um retrato, bem próxima da filha e bem distante de todos nós, mirava os pés entalhados da mesa que sustentava a filha morta. Ao chamado de meu pai, apenas levantou os olhos distantes; aceitou meus sentimentos sem me reconhecer.

Depois disso aproximei-me do caixão de prima Lúcia. Passo à margem desse momento, pois descrevê-lo seria reproduzir sentimentos já expostos.

Quando atravessava a sala pensando na frieza com que o destino rasgava as páginas do futuro da esperada médica da família, senti que me puxavam pelo braço. Era Firmino, o eterno tio nosso. E foi o velho Firmino que me disse numa silenciosa explosão de bafo quente:

— Tamanha infelicidade!...

A essa altura, já cheirava fortemente a anis. Sempre grudado ao meu braço, me carregou para um canto e quando conseguiu se controlar, gaguejou.

— As que muito se amam não deviam morrer, não acha? — disse mexendo muito os olhos úmidos. — Veja, ali, vê,... vê?... os pobres viúvos!

Só então que reparei nos moços que ali permaneciam calados e enfiados em luto. Espantei-me! Então seria mesmo verdade o que se dizia?! Estavam ali eles velando o seu amor? aqueles três: o noivo, o ex-namorado e o grande amigo!

— Poucas pessoas no mundo foram assim amadas. Você acredita que isso possa acontecer, acredita? — e Firmino fez um silêncio para enxugar uma lágrima, em seguida:

— Ah, essa casa já foi feliz,... feliz!... Agora veja, menino!

E passou os olhos em volta como para guiar os meus. Então, depois de um pequeno silêncio, me perguntou se eu conhecia aquela estória de amor e tudo o que havia se passado entre aqueles moços ali e Lúcia. Firmino tinha uma rouquidão na voz que, esquecendo-se o fato de que seria ela apenas conseqüência natural da grande quantidade de bebida que costumava ingerir, parecia lhe dar uma autoridade oracular.

Meu tio conseguiu despertar minha curiosidade. Disse a ele que eu pouco sabia das relações de minha prima, o que lhe deu a deixa de contar o que tanto queria. Começou então uma narrativa por vezes muito confusa e toda ela remendada com uma emoção etilicamente sincera. E aqui vai o que pude destilar de suas palavras.

César, Victor e Felipe eram os nomes dos três moços que ali estavam e que há muito freqüentavam a casa. Fizeram parte da mesma turma do colégio, juntamente com Clara e Lúcia; eram todos amigos-amigos; juntos estudavam e juntos se divertiam. A amizade entre eles nasceu na escola, mas cresceu esperta por toda parte. Estavam juntos aqui, ali, nos cinemas, nas excursões, nas festas que davam. Tudo ia certo como uma alegria aos sábados, até que, pouco antes do vestibular, o grupo sofreu o primeiro abalo, e a razão não foi outra que o namoro entre César e Lúcia. Algo então mudara, as brincadeiras ficaram contidas, uma distância nova se estabeleceu. Apesar disso, o namoro de César e Lúcia era mesmo grande, de dar mesmo na vista. O que foi uma alegria para meus tios que gostavam muito do moço. E foi quase uma decepção para eles, e uma surpresa para todos, quando César e Lúcia, dois anos mais tarde, desmancharam inexplicavelmente o namoro, exatamente quando tudo parecia correr bem. Um namoro que nunca teve uma briga, um mal-entendido; um namoro que prometia tanto!

A decisão foi unilateralmente tomada por César. Sentindo o baque de ser rejeitada, mas aceitando resignadamente a situação, minha prima foi tomada por uma certa tristeza. É verdade que foi uma tristeza de pouco fôlego, durou apenas três meses. Sim, porque no início do quarto, ela e Victor começaram a namorar. E todos descobriram logo que aquele novo amor era tão grande quanto o outro. E descobriram também um Victor desconhecidamente apaixonado e dedicado que, além dessas qualidades, como bem frisou Firmino, mais outras duas poderiam ser acrescentadas: a discrição e a dignidade. Só com esse acréscimo podia-se fazer justiça a um rapaz que, no momento anterior, soube tão bem respeitar a relação entre César e Lúcia, soube manter em discreto silêncio todo seu amor, fiel ao amigo e à amiga.

Por essa época todos já estavam na faculdade sonhando com o futuro: César ambicionava ser cardiologista; Victor, como o pai, administrador de empresas e Felipe, que sonhava com engenharia naval, ingressou em matemática, não que lhe faltasse talento para engenharia, o que lhe faltava era dinheiro e precisava parte livre do dia para ganhá-lo.

Falamos de César e Victor, vejamos como Felipe entra nessa estória. O amor por Lúcia nasceu em seu coração e, como menino vigoroso, foi crescendo, crescendo, até que chegou a idade da fala. Felipe teve que a custo amordaçá-lo, foi o período em que Lúcia e César namoravam. Mas cada vez menos Felipe conseguia ocultar com a amizade o amor que sentia por Lúcia, cuja beleza teimava em mostrar o quanto a natureza fora pródiga com ela e sovina com as outras.

113

Felipe sentiu que havia uma chance quando da separação dos namorados. Chance dada pelo acaso, mas negada delicadamente por Lúcia. Esta, sempre com uma gentileza aguda, percebendo a intenção do amigo, conseguia silenciá-lo antes mesmo que ele iniciasse a falar; Lúcia era meiga, muito meiga, por isso Firmino nunca pôde entender por que as irmãs brigavam tanto.

Quando começou o namoro com Victor, Lúcia esforçou-se para que a amizade entre os três não se rompesse. E quem pondo os olhos em César nessa época não notaria que ele se arrependera enormemente do que fizera? E a todos eles agora só restava conformarem-se suportando-se; era como se percebessem que o amor de cada um não fosse suficiente para remover o dos outros. Assim ficaram. A esperança os nutria e a possibilidade de perderem Lúcia era simplesmente impensável. Mas às vezes ocorre que o impensável se faz mais que possível, se faz terrivelmente real. E Firmino terminou a história sem economizar as lágrimas dizendo: "um anjo com rosto de neve a levou".

Neste momento, eu, que apesar de ter tido sempre muita admiração por Lúcia, mas nunca muito carinho, pois meu amor secreto era por Clara, fiquei comovido. Ali estavam tão próximos de mim os três amantes, que tão fiéis velavam a sua amada. Ali estavam os três amantes de luto tão cerrado que pareciam competir em tristeza.

Livrei-me de Firmino, precisava de ar fresco, precisava de espaço e dos escuros da noite e saí então para o jardim. Caminhei sem pressa, parei uma ou duas vezes pensando. Perto da piscina encontrei Clara, que estava só e ao me ver me convidou para sentar. Por ali fiquei. A história de Lúcia rebrilhou por mais um momento na memória. Um instante de silêncio passou enquanto minha prima se recostou no espaldar da cadeira e deixou que a cabeça caísse para trás. Contemplava as estrelas.

– Devia estar sempre esta penumbra, a gente vê melhor o brilho delas – disse então Clara com a voz tranqüila, tão diferente daquela sua arrogância primeira.

Contemplei aquele olhar que se distraía com as estrelas, sem no entanto captar o que de sutil havia neles. Esta imagem está tão viva em mim: Clara olhando as estrelas de um jardim sem luz. Que sensação é esta que me invade agora que acabo de escrever isso? Dez anos me separam daquele jardim. E se o tempo não fosse medido em anos, um casamento e uma filha me separam daquela noite. Depois, nunca mais voltei à casa de tia Vera; só viria rever Clara num *flash* em que me desejava felicidades pelo casamento.

Pausa. Há pouco levantei-me da cadeira onde estava escrevendo estas lembranças e comecei a andar pelo apartamento. Tenham paciência. Passando pelo corredor, vi entreaberta a porta do quarto de minha filha, respiração profunda de sono pesado. O apartamento todo dormia. Voltei para a sala e procurei por alguns instantes não pensar em nada. Fechei a porta da estante que alguém esquecera aberta; parei em frente da janela e acendi um cigarro. A história de Lúcia voltou-me outra vez. Uma ambulância passou correndo lá embaixo e o farol inútil da esquina trocava de cor. As luzes da cidade através da vidraça lembraram-me das estrelas do céu e de Clara. Então voltei à mesa onde estão espalhadas estas folhas e me é impossível deixar de escrever estes últimos instantes. Reparo novamente o cartão cor-de-rosa com friso dourado sobre a mesa e volto àquela noite.

Sento-me outra vez na cadeira junto à piscina e ouço minha prima outra vez falar das luzes apagadas e das estrelas.

Não sabendo o que dizer, perguntei-lhe se sofria.

– Mais do que pensa...

Devido ao fato de as irmãs quase se odiarem, Clara ficou com certa porção de culpa. Ninguém havia dito nada, era no silêncio das entrelinhas que vinha grafada a acusação. Penso ter sido indiscreto por tocar no assunto, mas Clara apenas sorriu, como se quisesse dizer que agradecia minha preocupação, mas que pouco ainda era o meu entendimento. Ela devia guardar apenas as boas lembranças da irmã, disse-lhe e penso hoje quão ridículas foram as minhas palavras. Clara sorriu outra vez e colocou sua mão sobre a minha causando-me um arrepio.

– Sentimentos tão bons e bonitos e pouco tenho com que retribuí-los.

Graças a Deus estávamos na penumbra e a cor rosada que me subiu ao rosto foi gentilmente ocultada.

– Pago sua bondade com uma história, que não é muito e nem é minha – disse Clara e continuou após breve reflexão – ...mas é também minha: é a história de amor de Lúcia. Quer ouvir?

– Firmino já me contou, a não ser por um detalhe ou outro, já sei quase tudo.

– Mas esta, primo, não é a mesma que Firmino e outros andam espalhando por aí.

Clara fez um gesto como se quisesse afastar um pensamento.

– Há muito veneno sob a doçura; mas calma, cada coisa a seu tempo – Clara respirou fundo como se quisesse tragar toda a noite, e continuou – Lúcia foi sempre a única esperança da família. Papai e mamãe ficaram radiantes quando minha irmã começou a namorar com César, e mais ainda quando o trocou por Victor, que além de rico era, como eles diziam, de uma excelente família. Até aqui, nada; ouça e julgue se puder. Quando Lúcia e César ainda namoravam, aconteceu algo que pouca gente soube, eu mesma só há pouco tempo conheci os detalhes. Foi numa tarde de domingo. César e Victor voltavam do futebol conversando e falando de tudo, até que a conversa recaiu sobre o namoro de Lúcia. Victor fez um comentário sobre a beleza da garota emendando a seguinte frase: "Se você não tivesse começado a namorar com Lúcia, quem estaria com ela agora seria eu". César não se irritou com a observação, ao contrário, parece que até sentiu prazer em ouvi-la. Era vaidoso. A vaidade era o seu maior pecado. No lugar de sua zanga, propôs, imagine, uma aposta. Num primeiro momento foi só um falar por falar, mas a idéia foi crescendo ao longo da conversa, tomando corpo, e César não pôde mais se livrar dela. Uma aposta! E o prêmio você pode adivinhar qual seja. César disse a Victor que Lúcia era louca por ele, tanto que se eles desmanchassem, ele se cansaria de ouvi-la implorar para que voltassem. Victor cutucou o leão com a vara na medida, apenas riu. Foi o suficiente e fecharam a aposta: César se afastaria por três meses e em seguida, a reconquistaria. César subestimou o poder de decisão da ex-namorada e a esperteza do ex-amigo... Lúcia não tinha a natureza de curtir sofrimento e aprendeu bem rápido a gostar de Victor. Vê, primo, a quanto se reduziu tanto amor!... E nessa história toda como é que ficou Lúcia? Como era de se esperar, gostou de um e de outro, mas amar... Ela soube da aposta, soube tudo, todo detalhe, e sabe o que fez? Nada. Se ofendeu? Coisa nenhuma, ao contrário, sentiu-se orgulhosa de ser o rico prêmio da aposta. Claro que não saiu por aí espalhando, mas não se furtou a revelar aos amigos mais íntimos. Não deixou de contar ao próprio Felipe. Pobre Felipe, o único que realmente a amou, e ele a amou mais do que ela merecia. Justamente o Felipe a quem ela só ofereceu indiferença. Com que prazer e naturalidade ela lhe contou sobre a aposta! Isso era maldade. Não fosse Felipe, Lúcia estaria fazendo cursinho até a morte. E que ironia! Felipe foi fazer de mim sua confidente, buscou meu ombro para derramar suas mágoas de amor não correspondido. Dos três ali, Felipe é o único que lhe dedica lágrimas sinceras. Os outros dois ainda competem, pois não podem mais parar; vestiram a máscara do amor e não conseguem tirá-la. Talvez amanhã ao despirem o luto. E ela... Como é que Firmino diz, primo? "Um anjo com rosto de neve a levou." Outra hipocrisia. Olhe lá na porta, tia Albertina e sua mãe conversando, veja, primo, sua mãe tapa a boca como se ouvisse algo terrível. E está ouvindo. Só os mais chegados devem saber sobre a morte de Lúcia. "Um anjo com rosto de neve." Nunca ouvi chamarem aquele pó branco desta forma. Ah, não fossem algumas influências! O escândalo aumenta sempre mais a dor, não é? Um anjo com rosto de neve levou as esperanças da família e deixou a mim... Por ela eu não choro, primo, jamais...

Clara não pôde controlar-se e explodiu em choro. Percebi então que Clara não chorava por Lúcia, chorava por todos nós.

Tudo mais dessa noite desfez-se de importância.

Terminam aqui minhas lembranças. Há coisas que estão para sempre fora de minha compreensão. Daqui a pouco começa um dia cheio; reunião logo cedo, almoço com clientes, assinatura de empréstimos à tarde. Daqui a duas semanas tenho um casamento para ir. Olho o cartão cor-de-rosa sobre a mesa, um cartão cor-de-rosa com friso dourado em baixo-relevo. Pena não estar ontem em casa para recebê-lo. Clara entregou-o à minha esposa. Elas conversaram coisas amenas e minha prima até brincou com minha filha. Não sei mais nada. Daqui a duas semanas ela se casa. Ela e Felipe. E tudo estará esquecido, definitivamente esquecido pela força do sim.

ALÉM
DO
MURO

*O balão vai subindo
vai cair na garoa,
o céu é tão lindo
a noite é tão boa.
São João, São João,
Acende a fogueira
Do meu coração.*

    Só mesmo você, Laura, para me pedir uma coisa assim. Justo quando tudo está entre nós, como você disse, por força maior, irremediavelmente acabado. E nem podíamos ter sonhado um final diferente para nós: nem mágoa de ranger dentes, nem raiva de rasgar fotografias.

    Palavra que tentei escrever o que fomos, como você me pediu, mas apenas em parte, ou por tabela, consegui alguma coisa. Quanto mais eu pensava em nós, mais me vinham lembranças de um outro tempo em que você nem existia para mim.

Vi entre mim e a folha em branco um céu subitamente colorido. Era um céu de São João, do São João dos meus doze ou treze anos. Vi então, mais abaixo, como pousados para uma fotografia, no alto da escada que dava para o quintal, minha mãe, minha irmã, e o menino. Aquele menino eu pensava conhecer de um desgastado sonho. Aquele menino, tão completamente tomado pelo céu, tão inconsciente de que um dia eu nasceria, carregava no seu pequeno corpo alguns traços e alguns gestos de herança para mim.

Todos no alto da escada pareciam encantados. Jamais tínhamos visto tantos balões, que estavam ali apenas para a nossa alegria e para o desespero de bombeiros e companhias de seguro. Isto foi antes da grande campanha para apagar todas as cores que alguns julgavam ser indiferentes à natureza do céu.

Mas naquela tarde, ninguém se lembrava de fogo ou prejuízo, o que importava era aquela constelação de piões, e caixas, e estrelas e o bizarro cortejo que enchia o céu e os nossos olhos: uma cruz, um zepelim, um homem que passava com uma tocha em cada pé, um peixe que o seguia no seu oceânico céu, uma vaca em outro campo, mais afastada, apascentada em sua serenidade bovina. Balões e balões; balões que nunca mais eu vi!

A casa onde eu morava pertencia, nunca soube direito, ao bairro de Santa Terezinha ou ao do Mandaqui.

124

Sei que perto ficava o Pinheiral, clube das festas e do futebol, e também o Hospital do Mandaqui, lugar habitado por dores e loucuras que muito medo colocou nos meus sonhos de menino. Cuidavam nesse hospital de doentes com fogo-selvagem. E nos contavam estórias terríveis de homens e mulheres que padeciam as queimações de um fogo incessante sob a pele. Homens e mulheres que para passarem pelo breve alívio do sono tinham que se deitar em camas forradas com folhas de bananeiras e, vez por outra, subjugados por musculosos enfermeiros, eram mergulhados em caldeirões de ácidos. Muitos em pouco tempo perdiam o juízo; outros, deviam já viver em loucura antecipada bem antes de começar o tratamento.

Mas ali, no alto da escada que dava para o quintal da minha casa, eu não pensava em loucos ou doentes. Naquele instante, de todas as pessoas do mundo apenas uma era capaz de roubar meus pensamentos: Mariã. Mariã bem que podia estar àquela hora olhando para o céu dali do meu lado. À noite haveria festa no Pinheiral e lá estaria Mariã ansiosa pela quadrilha. Minha mãe já tinha me arranjado roupa apropriada: chapéu de palha, falsos remendos na calça rancheira e na camisa xadrez. Eu é que não estava nem aí para a quadrilha, tinham me colocado numa turma de criancinhas.

Antes de sair de casa, minha mãe viria com cortiça queimada para fazer barba e bigodes muito pretos e assim eu seria "o menino mais bonito da quadrilha". Minha mãe talvez nem percebesse, ou não quisesse perceber, que por debaixo de toda aquela maquiagem ia já formada uma coisinha castanha e rala, que muito me envaidecia, e que eu já chamava de bigodes.

Quebrando a imobilidade do retrato, minha irmã esticou o braço e colocou a mão no meu ombro. Ela me chamava a atenção para o charuto que ia lá no horizonte. O Rubinho iria gostar desse, pensei. No entanto, revelava-se para mim um outro mais admirável; era um coraçãozinho que mal se via no atropelo de pintas do céu. Mais uma vez, se é que houve alguma interrupção entre a primeira e a segunda, pensei em Mariã. Ela era a minha melhor amiga, aquela com quem eu mais gostava de conversar quando não tinha mais nenhum menino para brincar.

Lembrei do presente que tinha dado para ela e prontamente minha mão, como movida por vontade própria, procurou o ferimento próximo do joelho. O toque na casquinha que recobria a ferida fez surgir uma sensação gostosa que tomou conta de mim. Lembrei de Mariã sorrindo, de Mariã dançando e de toda a maravilhosa confusão que se formou em mim. Lembrei de todas as coisas da véspera sem saber que, de alguma forma misteriosa, elas eram a preparação para tudo o que eu iria viver naquela noite.

No dia anterior eu tinha ido mostrar o balão para o Rubinho, mas ele havia saído, conforme disse Dona Leu, e só Mariã estava em casa. Não encontrar o Rubinho me deixou um pouco chateado. Pensei em procurar o meu amigo por aí, mas não sei que força ia me segurando. Felizmente Dona Leu simpatizava comigo e não fez aquele silêncio de despedida. A mulher gostava de conversar e o trabalho que fazia não dava muita chance de muita prosa. Dona Leu emendava galões e mangas para uma malharia. Passava o dia junto de uma janela com um bule morno e um cinzeiro cheio de pontas.

Dona Leu estava me contando que a firma do marido estava de mudança para Santo Amaro, quando Mariã apareceu e se intrometeu na estória.

– Não é verdade, mãe, que a firma está perto de uma grande represa.

Sim, era verdade, atestou Dona Leu, era uma represa muito, muito bonita, gente nadando e barcos coloridos. Mariã balançou a cabeça satisfeita olhando para mim como se dissesse, "viu!"

Mas minha amiga não estava com ânimo de ouvir estória da mãe e me carregou logo para o quintal. Não deixava de ser uma boa troca; ainda que lá fora houvesse apenas um solzinho fraco de inverno, era melhor que aquela atmosfera de fiapos de lã e cheiro de cigarro. Antes de sair, me virei e notei que Dona Leu me observava, me olhando de um jeito esquisito. Será que ia dar uma bronca? Não deu; não disse nada.

No quintal a sensação causada pelo olhar de Dona Leu desapareceu logo. Uma galinha ciscava ao ar frio a comida dos filhos; Mariã e eu sentamos na borda do tanque seco dos patos que já não havia. Coloquei o balãozinho de lado e Mariã nem reparou nele; estava olhando para o cano inútil que deveria levar água para o tanque. Aquela visão deve ter feito Mariã se lembrar do Serafim e da tragédia.

– Você viu o Serafim?

– Não deixaram.

Bem que a gente queria ver; até então, eu só tinha visto uma mulher atropelada, uma desconhecida, e não foi nem de perto; mas um vizinho que a gente via sempre, morto, mais que isso, enforcado no banheiro! Ah, seria a primeira vez! Mas o Seu Vicente não quis saber, pôs todo mundo pra fora. Só o Haroldo conseguiu espiar o Serafim por um tiquinho de tempo.

Bem resistentes deviam ser os canos dos chuveiros daquele tempo. Se bem que para sustentar o Serafim nem precisava muito, o homem era um abuso de magreza e palidez; tinha a pele tão fina que parecia que podia se desmanchar se a gente apertasse nela com o dedo. Quem é que podia imaginar o rosto dele inchado, parecendo um monstro como o Haroldo falou? Quem é que podia imaginar que o Serafim, aquele das calças sempre vincadas e das galochas em dia de chuva, fosse permitir que o encontrassem em tamanho desalinho no próprio banheiro? Pois ele era desses, e eu o vejo surgindo nessas minhas lembranças, ele era desses que nunca chegariam à repartição com botão fora da casa ou fio de linha sobre o paletó.

O que mais nós sabíamos dele? Que era solteiro e que tinha esperado trinta e oito anos para se apaixonar pela primeira vez. Foi paixão tardia, dessas que remoçam ou arruínam, por uma moça que há pouco ainda cheirava à adolescência. Foi pela Marlene, a filha do Dr. Francisco de Paula, a menina do sobrado próximo do bar do Luís.

Serafim não era só funcionário exemplar, era também tímido, muito tímido, e por isso mandava tantas cartas. Só através delas era capaz de confessar o seu amor, e confessava com capricho de poeta parnasiano; depois pagava aos meninos para entregá-las no sobrado. Nunca teve de Marlene nenhuma resposta; não fosse ele tão feio, justificou assim um dia seu desprezo pelo pretendente a uma amiga.

Quando as cartas passaram de uma por dia, Marlene pediu à mãe que conversasse com o homem com jeito, que tratasse de mandá-lo embora sem magoá-lo. Tarefa impossível às duas, o máximo que a mãe conseguiu foi refrear o número de cartas. Mesmo quando apareceu José Fernando, rapaz atlético e feliz engenheiro recém-formado, Serafim não abriu mão de seu amor e nem deixou de continuar enviando as periódicas missivas, que era como ele chamava as cartas.

Dia chegou, no entanto, em que houve festa no sobrado. Foi o domingo em que Marlene e José Fernando trocaram alianças de noivado. No meio da festa, apareceu um menino com um cartão. O garoto estava feliz, nunca tinha recebido tanto dinheiro por entregar um papel. O cartão trazia apenas três palavras singelas: "Felicidade aos noivos". Não era difícil adivinhar o remetente; em casa, nesse momento, Serafim pendurava-se no cano do chuveiro.

Diziam as românticas sem causa de então que Marlene guardou todas as cartas em lugar secretíssimo, para as ler muitas vezes no futuro quando se sentisse só.

Eu queria ter visto o Serafim, queria poder falar aquelas coisas que o Haroldo com panca de homem feito falava. Mariã não; Mariã não ligava para a parte trágica do acontecimento; o que ela queria mesmo era poder dar uma boa espiada nas tais cartas.

– Devem ser lindas!...

E deviam ser mesmo, pois só de imaginá-las, Mariã ficava mais bonita e ausente da nossa conversa. Foi num desses momentos que Mariã baixou os olhos pensativa e os cabelos cobriram um pouco o rosado do rosto. Fiquei olhando para ela num silêncio de oração; seus olhos assim, quase fechados, era para mim um momento de celebração, mas que não durou muito. Mariã levantou a cabeça e voltou o rosto todo para mim, agora os olhos estavam abertos, bem abertos, e a celebração transformava-se em festa.

Como me surpreendeu olhando, não pude aproveitar da festa o quanto queria; quis falar, mas me embaracei com as palavras. Foi um momento de confusão e vergonha. Apanhei o balão, o chinesinho, e mostrei para ela.

– Nossa, é seu! Você comprou? Não, você apanhou! Verdade mesmo? Como conseguiu? Conta, conta...

Continuava confuso e acho que fiz algum gesto que traduzia a vontade de não dizer nada.

– Ah, conta vai, conta... como você conseguiu, conta, conta...

Foi assim que nós passamos da estória do Serafim para minha aventura com o chinesinho, como quem sai da missa para a quermesse. E assim eu comecei a dizer que o pai do Carlinhos tinha comprado no último sábado um balão para o menino numa loja de Santana...

Não era um balão feito com o capricho artesanal, com capricho de quem recorta com vida nos dedos o papel de seda em geométricos pedaços, e depois, cola parte por parte, fixa a boca de arame, amarra a tocha de estopa. Tudo com o cuidado de quem sabe do riscado e do risco; um erro, e tudo se perde; e o que deveria subir consumindo o próprio fogo, morreria na combustão sem sentido do próprio peso. Não; o pai do Carlinhos não tinha comprado um desses não, mas a porcaria de um chinesinho, desses que sobem aqui e caem ali.

Mesmo assim, ainda que valesse tão pouco a pena, fiquei de olho, e não só eu, mais uns outros cinco garotos, todos espreitando pelas grades do jardim da casa do Carlinhos. Para nós contava ponto pegar balão. O Haroldo já tinha pegado três, e eu ainda nada. Mas acho que o Haroldo mentia, porque dos três anunciados, ele só mostrou pra gente um.

Devia ser por volta das sete da noite e já estava escuro quando seu Guilherme trouxe o chinesinho para o jardim. Veio até o Rex fazendo algazarra. A mãe ficou afastada apreciando a alegria do filho. O homem começou a operação, assoprou pela boca até que o balão ficasse todo cheio. O Carlinhos de cima de uma banqueta segurava a outra extremidade deixando o balão bem alto para que o Rex não fizesse um estrago. Alguns de nós torcia para o cachorro, o que fez o seu Guilherme nos olhar com uma cara muito feia, mas foi só um momento.

O pai do Carlinhos acendeu solenemente a tocha e, alguns segundos depois, o balão se despregou de sua mão e começou a subir. O menino batia palmas, pulava e ria. Nós é que não aplaudimos nada, saímos naquele mesmo instante em disparada. Meninos para todos os lados querendo adivinhar para que direção o vento sopraria o balão, pois ele ia cair já, já. Ninguém desgrudava os olhos.

– Vai cair no quintal do Seu Frederico – alguém gritou.

Alguns meninos deram a volta pelo campinho, mas eu entrei direto pela casa do meu padrinho, vizinho de muro do Seu Frederico. O Ailton entrou correndo atrás de mim, e eu nem podia perder tempo para dar um soco na cara dele por causa daquele atrevimento. No quintal do meu padrinho, aproveitei uma goiabeira como escada para pular o muro.

Pronto, já estava lá, mas o Ailton não tinha deixado de ser a minha sombra. Foi então que uma coisa me segurou a perna. Era o safado galho de uma árvore que provavelmente o Seu Frederico tinha cortado e esquecido de tirar para um canto. A extremidade lascada era mesmo uma ponta de lança em forma de armadilha esperando que algum descuidado por ali passasse. Na corrida cega da noite, a ponta do galho me espetou dois dedinhos acima do joelho onde o calção não protegia. O galho todo vergou-se apoiando a folhagem no chão e me segurou. A ânsia de pegar o balão e o receio de que o Ailton me passasse fizeram, no entanto, com que eu não pensasse em dor ou sangue. Puxei com força aquele anzol de madeira da perna e acho que a escuridão mascarou a má impressão do ferimento; o certo é que não senti a dor que esperava. Nessa passagem, vi nos olhos de Mariã que ela sentiu orgulho da minha coragem, eu mesmo senti orgulho.

Voltando à corrida, eu já estava livre do galho, mas não do Ailton que vinha logo ali, pisando no meu calcanhar, quase me esbarrando, quase me passando. Foi então que lhe dei um empurrão tão forte que ele se esparramou rolando um barranco abaixo. Aí foi fácil, peguei o chinesinho e, sem ligar para os resmungos de Ailton, que vinha se limpando de folha e terra, fui tratando de sair do quintal antes que Seu Frederico aparecesse.

Quando acabei a narração, Mariã estava excitada, observava curiosa a ferida e chegou a tocar com o dedo a casquinha.

– Ainda dói?

– Não dói nada – disse mentindo.

Com receio que aquele momento se desfizesse, fiz uma coisa que não faria nem para o meu melhor amigo, peguei o chinesinho e dei para Mariã.

– Fica para você, pega, é seu.

Mariã me olhava surpreendida. Seria verdade? Pensava. Ela pegou o balão como se não quisesse tocá-lo de tanto cuidado. Depois de olhar para ele um tempo aproximou-o do peito.

– Não vou deixar que ninguém bula com ele. Vai para a minha caixinha preciosa.

Estava tão bonita! Ela agora era quem parecia um pouco atrapalhada, mas recuperou-se logo. Era a vez dela fazer o inesperado. Abraçada ao pequeno balão, Mariã reclinou a cabeça, abaixou-a até que seus lábios tocaram a ferida no meu joelho, e beijou-a. Quando seus olhos reencontraram novamente os meus, que deviam estar enormemente abertos, ela sorriu.

– É para sarar mais depressa.

Senti uma leve tontura, algo semelhante ao que sentiria um balão, se pudesse sentir o momento em que perde todo o contato com a terra. Queria fugir e ao mesmo tempo ficar ali para sempre.

A única coisa que pude dizer foi uma bobagem:

– Você vai na festa amanhã?

– Claro que vou – respondeu Mariã totalmente segura de si – Vai ter quadrilha, não é!

Foi então que me lembrei da injustiça adulta. Por que é que me puseram com os menores? Eu e a Mariã a gente não tinha a mesma idade? Não era justo que a gente não ficasse juntos; só porque ela tinha alguns meses e alguns centímetros a mais que eu? Não era justo!

Mas naquele momento, Mariã nem podia imaginar uma coisa dessas. A lembrança da quadrilha provocou nela um outro ânimo, fez com que ela se levantasse e começasse a executar uns passos que tinha ensaiado e cantarolava a música do acompanhamento. Então ela ia dançando como se seguisse uma roda imaginária de braço dado com alguém invisível: "– Olha a chuva!.... – Uh!... – É mentira!... – Ah!... – É verdade!... – Uh!..."

Quanto mais bonito era o seu jeito de dançar, mais força eu fazia para não pensar que aquele ser invisível, no dia seguinte, seria outro e não eu.

A quadrilha foi interrompida por Dona Leu, que veio chamar a gente porque já estava esfriando. Não estava assim tão frio, mas não discutimos. Também não quis ficar para escutar as estórias de Dona Leu, agora eu tinha a minha e queria ficar sozinho para relembrar, e relembrar os acontecimentos dessa tarde. Fui embora.

Na rua, estava ainda tomado pela presença de Mariã. Não quis chegar logo em casa e dei volta pela rua de cima. Não via nada do caminho, gente ou carros, via apenas Mariã que dançava na minha frente, "olha a chuva", e vinha e me pegava pelo braço, e eu era então o seu parceiro de quadrilha. Depois, quando parecia cansar da dança, olhava para mim e dizia: "conta, vai, conta,..." E eu sentia os seu lábios colocando alívio na ferida quente e latejante. Ora eu caminhava depressa, como se quisesse voar, ora devagar, como se fosse desabar de vertigem.

Mariã parou na minha frente, falava com os olhos as palavras que a boca silenciava. Então tentei saber, "será verdade que você, você..." e antes que a pergunta se formasse completa, ela saía novamente dançando e cantando: "...É verdade!... Uh!... – É mentira!... Ah!..."

– Tá biruta! – esse grito que veio do outro lado da rua me arrancou da companhia de Mariã.

Era o Ailton e o Haroldo que gozavam de mim apontando e rindo com tamanha zoada que parecia que iam cair no chão. Prometi para mim que ia arrebentar a cara do Ailton quando eu encontrasse com ele longe do Haroldo. Biruta aqui, óh! Vai ver! O Haroldo então ergueu o balão que ele trazia dobrado como se erguesse um estandarte. Eu também ia erguer, mas eu tinha dado o meu de presente. Ah, que pena eu não ter mais o chinesinho para mostrar para eles! O Haroldo e o Ailton seguiram caminho fazendo algazarra. Eu estava fulo da vida.

Foi só então que reparei que estava ao lado do muro do Hospital do Mandaqui e, num momento, a raiva cedeu lugar a um mal pressentimento. Afastei-me logo dali, seguindo para casa.

No dia seguinte, já quando eu estava de saída para o Pinheiral, minha mãe recomendou que não chegasse tarde. Ainda era fresca a lembrança da última vez que tinha desconsiderado esse aviso; a cinta de meu pai ardia feito pimenta.

– Olha que vai fazer frio, leve uma blusa.

Que levar blusa que nada, enrolei minha mãe e saí de fininho. Quando passei pela construção, entrei e lavei do rosto toda a barba fuligem que minha mãe com tanto capricho tinha pintado. Também não quis chegar na hora da minha quadrilha, fiquei rodeando as quadras e as barracas. Fugia dos amigos e de qualquer um que se lembrasse que eu havia deixado alguém sem par na dança.

Vi de longe quando Mariã entrou na roda. Ela vestia uma saia rodada, meias soquetes e sapatinhos de presilha. Depois vi quando ela foi se sentar perto da fogueira junto com os pais. Vi tudo isso, mas ia ficando nos escuros da festa aguardando o bom momento de me aproximar.

Mais tarde ia ter o Casamento na Roça. Isso pelo menos eu não queria perder. A noite, já pressentia, ia ser de muito sereno, e minha mãe estava certa em recomendar algum agasalho.

Fiquei um bom tempo sentado numa pedra com muita vontade de me aquecer ao lado de Mariã. À minha frente estava a fogueira, ao lado, o muro do Hospital do Mandaqui, acima, as estrelas e algumas nuvens defuntas. Pensei nos balões da tarde que àquela hora estariam caindo por aí. Eu tinha que pegar ao menos um para mostrar para o Haroldo e para o Ailton, mas tinha que ser um balão decente, grande, colorido. E depois de mostrar para todo mundo, talvez desse ele para Mariã. Não, mas que bobagem, se fosse um balão grande mesmo, nem pensar uma coisa dessas, eu tinha que ficar com ele para que os outros garotos me vissem e falassem de mim. Não, nem se Mariã me desse dois beijos na ferida da perna, nem assim... ah, mas só a lembrança do beijo... Mariã se reclinando, depois colando a boca... tão fresca!... sim se Mariã me desse dois beijos, eu daria de presente o balão, mas antes mostrava o meu balão pra todo o mundo. Vá, vá, eu me rendia por fim, que fosse um beijo como aquele que ela tinha dado, ah, que fosse apenas a esperança de um beijo, e o balão seria dela!

Estava nessa fantasia interior, quando senti que lá em cima no céu ia passando uma coisa silenciosa levada pelo vento. Era um balão que passava e me olhava ali solitário sobre a pedra. Eu me virei para o céu. Seria possível? Seria possível que aquele balão tão recentemente sonhado ia passando por mim? As nuvens atrapalhavam a visão. Era um vulto; talvez uma nuvem mais ligeira; certamente era um balão. E estava caindo. Passou por cima do Hospital do Mandaqui. Meu Deus, ele devia estar caindo ali no bosque que rodeava o prédio do hospital. Era grande, sim grande! Devia ser enorme.

Olhei para Mariã perto do fogo. Pensei no Haroldo, no Ailton. O balão. Seria fácil, mais fácil do que pegar o chinesinho. Agora era só eu e o balão. Dormia encostado no muro do hospital um grande tubo da galeria de esgoto, era subir por ele e pular. Ninguém tinha visto o balão, ninguém me veria, e a vontade cresceu dentro de mim.

No instante seguinte, estava já sobre o tubo de esgoto apalpando com as mãos o topo do muro; fiz um pequeno esforço para me erguer e consegui olhar para dentro. Era escuro, muito escuro, só lá longe, o prédio do hospital rebrilhava através das ramagens. Atrás de mim, a fogueira, acima as estrelas e as nuvens defuntas. Então passei uma perna por sobre o muro, em seguida, a outra. Pronto, estava já pendurado pelo lado de dentro. Era só soltar as mãos. Meu coração bateu forte, larguei do muro e comecei a cair.

Fui caindo, caindo, como se caísse numa queda descabida. Minhas mãos sentindo correr um muro infinito; meu Deus, o que estava acontecendo? Estava caindo num fosso sem fim. E eu caindo cada vez mais, a escuridão me engolindo com sua boca enorme, me engolindo, me engolindo... Baque!... Escuridão!...

Quando acordei, estava zonzo. Vi estranhas criaturas devorando e parindo pontos luminosos; mas esta era apenas uma parte do meu campo de visão, a outra parte era um escuro compacto. Estava deitado de costas, nuvens deslocadas pelo vento cobriam e descobriam estrelas; uma outra parte do céu estava tapada pelo muro à minha frente. Só depois de alguns segundos comecei a dar conta do que tinha acontecido; internamente, o muro do Hospital do Mandaqui era muito, muito maior do que pelo lado de fora. Só então compreendi que tinha caído numa armadilha, que estava preso e que não seria possível pular para a festa do lado de fora.

Levantei devagar, as costas e a nuca doíam, mas a dor não era nada comparada ao medo que começou a tomar conta de mim. Fui-me achegando ao muro e me encostei nele. Estava frio, e o frio passava através da camisa; os olhos arregalados para o escuro da mata. De trás vinham as vozes, música e o som de bombinhas estalando. Pensei em gritar, chamar por socorro; não podia, não me ouviriam; ou pior, as pessoas do hospital talvez me ouvissem e me pegassem.

Fiquei chumbado ao muro por um tempo que não sei. De lá do prédio iluminado também vinham vozes, vozes de outro tipo, pessoas brigando, gritos. Imaginei salas e corredores com gente em chamas, loucos desfigurados aos gritos, e todas aquelas estórias terríveis vinham em atropelo na minha cabeça. Imaginei que devia haver pessoas no bosque me espreitando, tinham todos aquele olhar esquisito da Dona Leu.

Intimamente maldisse aquela idéia besta de pular o muro. Que bobeira a minha! Tudo por causa do Haroldo, do Ailton, de Mariã, e agora eu estava ali morrendo de medo. Senti vontade de chorar, mas era inútil, em nada mudaria minha situação. Pensei em fechar os olhos, em sumir, em morrer, mas eu nem sumia, nem morria e nem de fechar os olhos eu tinha coragem.

De novo as vozes, gritos que vinham do prédio; de fora, as vozes da festa não cessavam. Que fazer? Ia me dando uma agonia de ficar assim, ali, tolhido ao muro. E o frio, muito frio, o sereno não tinha pressa de se acabar. E eu me esforçava para não bater os dentes, medo de fazer o menor barulho. Não podia ficar assim para sempre; tinha que fazer alguma coisa. Talvez se contornasse pelo bosque rodeando o prédio, pudesse chegar ao portão de entrada, mas e coragem para isso? Pensei no Serafim e não sei por que diabo toda a gente do hospital devia ter a cara do Serafim, até mesmo o porteiro da entrada.

Agachei e me sentei encolhido junto ao muro. A camisa toda úmida de sereno. Apalpei no chão uma pedra igualmente úmida e afastei-a para o lado, esbarrei em outra. Quantas pedras! Então uma idéia, uma esperança mais forte que medo me fez levantar. Meus olhos já tinham se acostumado um pouco com o escuro e comecei a observar em volta. Era verdade, havia muitas pedras, se eu juntasse umas tantas e as encostasse no muro talvez conseguisse subir por elas como tinha feito com a goiabeira para pular o muro do Seu Frederico.

Comecei então a trabalhar, e que importava que demorasse, eu havia de conseguir. Eu me senti feliz, como se não tivesse experimentado ser feliz há muito tempo, podia derrotar o muro e até o medo havia diminuído. Fui arrecadando as pedras que achava na área em volta e fui construindo um monte. Trabalho vagaroso, silencioso, mas que produzia em mim uma alegria incomum. Cada vez mais tive que me afastar para apanhar outras pedras, e ainda que tivesse medo, agora eu tinha um caminho.

Houve um momento em que não mais escutei a música, só algumas vozes: pessoas em torno da fogueira. Sabia que tinha perdido o Casamento na Roça, não liguei, não podia deixar de pensar era no meu trabalho. Eu ia ajuntando as pedras, ajuntando... Já não culpava ninguém por ter pulado o muro. Culpar por quê? Como é que eu tinha pensado que Mariã era culpada?

Depois de algum tempo, já havia juntado muitas pedras. Estimei a altura do monte, era suficiente, mas juntei mais pedras para garantia. Pronto, minha escada estava terminada e eu já podia voltar. Respirei aliviado. Foi só então que pensei no motivo que tinha me levado a pular o muro: o balão. Todo o medo tinha feito eu esquecer dele. Estava ansioso para ir embora, mas então eu não ia nem ver onde o balão tinha caído? Eu tinha medo, mas para quem tinha chegado onde cheguei...

O hospital estava agora silencioso e lá fora também. Olhei para o muro, estava tentado a ir embora; depois me voltei para o bosque. Calculei que o balão devia ter caído naquela direção; não custava nada agora dar uma olhada. Entrei devagar no bosque. Procurava em todo canto algum vulto, e caminhei mais mata adentro. Então vi, logo acima numa árvore, lá estava o balão, um balão todo esfarrapado do qual só se aproveitava a boca. Era o meu prêmio, pensei. Subi com cuidado na árvore e segurei a boca de arame. Era uma boca enorme de um balão que tinha sido enorme. Então era por isso que eu passava tanto medo? Sim, era por isso.

Estava pronto para descer da árvore, quando ouvi um barulho, como se alguém pisasse num galho seco. O barulho veio do lado oposto ao do muro, e meu coração bateu mais forte; podia não ser nada, mas... Comecei a descer e, quando já estava quase no chão, ouvi novamente um barulho semelhante ao primeiro, só que dessa vez mais próximo. Olhei na direção, era um vulto, uma árvore, ou o quê?... Havia alguém no bosque além de mim? Havia alguém me espiando.

Acabei de descer e comecei a caminhar na direção do muro. Outra vez, às minhas costas, outro barulho, desta vez tão próximo que se fosse alguém poderia esticar o braço e me tocar. Disparei então numa corrida pelo mato, pois algo vinha atrás de mim, e corri louco na direção do monte de pedras, que estranhamente teimava em não se aproximar logo, e eu fugia correndo me arranhando, atravessando moita, quebrando pau. Cheguei finalmente, trepei no monte de pedras com pernas de mola e me agarrei no alto do muro. Ergui o corpo num arranco e ainda senti como uma mão roçar a minha perna antes de eu pular para o outro lado.

Caí sentado sobre o tubo de esgoto e assim fiquei. Quando pude olhar e perceber o mundo a minha volta, reparei que não havia mais ninguém, apenas a fogueira que já era só quase um monte de brasas e aquecia um bêbado que dormia. Todos já tinham ido embora.

Examinei agora, à luz fraca que cortava o sereno, a boca de arame do balão. Aquilo não servia para mostrar para o Haroldo e para o Ailton, não servia para dar de presente para Mariã. Aquilo era apenas o resto de um balão que já não existia mais. E no entanto, era dali que sairia outro balão, e era tudo o que eu tinha.

Percebi que estava todo sujo, que havia perdido meu chapéu de palha, que estava com frio e cansado e que, apesar de todo o medo por que tinha passado, eu sabia o que me esperava em casa. O que não sabia ainda naquele instante é que duas semanas depois Mariã iria se mudar com a família para Santo Amaro. Pra mim não restava outra coisa a não ser respirar fundo e seguir para casa, onde uma sova das grandes me aguardava. Uma sova que eu suportaria resignadamente.

Para minha amiga
Rita de Cássia Caparroz Belmudes

Se de tudo fica um pouco,
mas por que não ficaria
um pouco de mim?...

CARLOS DRUMMOND DE ANDRADE, *Resíduo*

Título	*Resíduos*
Autor	David Oscar Vaz
Produção	Ateliê Editorial
Projeto Gráfico	Ateliê Editorial
Capa	Moema Cavalcante
Revisão	Vera Lúcia Bolognani
Composição	Valéria Cristina Martins
Formato	12 x 18 cm
Mancha	9 x 15 cm
Tipologia	Palm Spring
Papel de Miolo	Pólen Bold 90 g/m²
Papel de Capa	Cartão Supremo 250 g
Número de Páginas	145
Tiragem	1500
Fotolito	LAUDA – Comp. e Artes Gráficas
Impressão	Bartira Gráfica e Editora